CW01095424

Um Urso Chamado Paddington

MICHAEL BOND

Um Urso Chamado Paddington

Aventuras do urso que nasceu no Peru

TRADUÇÃO
Maria Eduarda Colares

ILUSTRAÇÕES
Peggy Fortnum

EDITORIAL PRESENÇA

FICHA TÉCNICA

Título original: *A Bear Called Paddington*
Autor: *Michael Bond*

Tradução: *Maria Eduarda Colares*
Ilustração da capa adaptada do original de Peggy Fortnum
por Mark Burgess
Composição, impressão e acabamento: *Multitipo — Artes Gráficas, Lda.*
1.ª edição, Lisboa, fevereiro, 2014
Depósito legal n.º 369 331/14

EDITORIAL PRESENÇA
Estrada das Palmeiras, 59
Queluz de Baixo
2730-132 BARCARENA
info@presenca.pt
www.presenca.pt

Um Urso Chamado Paddington

Autor de mais de uma centena de livros, Michael Bond nasceu em Newbury, no Berkshire, em 1926 e cresceu em Reading. Quando saiu da escola, aos 14 anos, passou um ano num escritório de advogados, antes de entrar para a BBC como técnico. Durante a guerra fez serviço na RAF e no exército, e foi em 1947, quando cumpria uma missão no Cairo, que escreveu o seu primeiro conto. A aceitação que teve por parte da London Opinion consolidou as sementes de uma futura carreira, mas antes de se tornar escritor a tempo inteiro, havia ainda de passar muitos e proveitosos anos como operador de câmara na BBC.

A inspiração para a sua mais famosa criação surgiu numa véspera de Natal em que a neve caía. Tendo-se refugiado no Selfridges, deparou com um ursinho de peluche literalmente abandonado numa prateleira. Seria a mola inspiradora de *Um Urso Chamado Paddington*, publicado pela primeira vez em 1958. Os ursos não necessitam de ser muito encorajados, e desde então, Paddington encheu as páginas de 14 novelas, uma enorme quantidade de livros ilustrados e muitos outros projetos escritos para os jovens de coração de todas as idades.

Michael foi homenageado duas vezes pelo serviço prestado à literatura infantil: em 1997 recebeu um OBE[1] e em 2002 teve uma exposição em sua honra na National Portrait Gallery, em Londres, na comemoração de um século de existência de autores para crianças. Vive em Londres.

---

[1] Order of the British Empire (Ordem do Império Britânico). (*NT*)

Índice

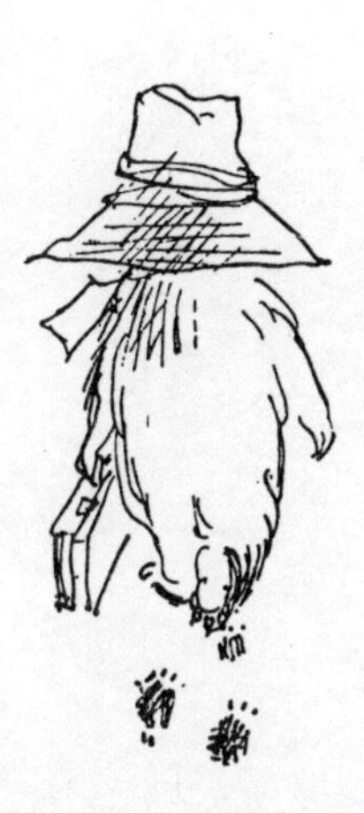

Capítulo Um

Por Favor Tomem Conta deste Urso

Mr. e Mrs. Brown viram pela primeira vez Paddington numa estação de caminhos de ferro. Na realidade, o motivo pelo qual ele acabou por ter um nome tão estranho para um urso foi porque Paddington era o nome da estação.

Os Browns tinham ido esperar a filha Judy, que regressava a casa para as férias escolares. Era um dia quente de verão e a estação estava a abarrotar com as pessoas que se dirigiam para as praias. Os comboios ronronavam, os altifalantes gritavam, os carregadores corriam atarefados e berravam indicações uns para os outros e, no conjunto, o barulho era tanto que Mr. Brown, que foi o primeiro a avistá-lo, teve de dizer várias vezes à mulher, antes que ela conseguisse ouvi-lo.

— Um *urso*? Na estação de Paddington? — Mrs. Brown olhou para o marido, espantada. — Não sejas tonto, Henry. Isso não pode ser!

Mr. Brown ajeitou os óculos. — Mas é — insistiu ele. — Eu vi-o nitidamente. Ali — ao pé do bicicletário. Tinha um chapelinho engraçado.

Sem esperar pela resposta, agarrou na mulher pelo braço e furou através da multidão. Contornou um carrinho carregado de chocolates e chávenas de chá, passou por uma banca de livros, e pelo meio de uma fila de malas de viagem que estava a ser conduzida para a secção de Perdidos e Achados.

— Ali está — anunciou ele, triunfante, apontando para um canto sombrio. — Eu bem te dizia!

Mrs. Brown seguiu a direção do seu braço e conseguiu a custo distinguir um objeto pequeno e peludo escondido nas sombras. Parecia que estava sentado numa espécie de mala e tinha pendurada ao pescoço uma etiqueta com algumas palavras escritas. A mala era velha e estava muito maltratada e de lado, em grandes letras, alguém tinha escrito PERDIDA EM VIAGEM.

Mrs. Brown agarrou-se ao marido. — Olha lá, Henry — exclamou ela. — Afinal está-me a parecer que tu tinhas razão. *É* um urso!

Ela examinou-o de mais perto. Parecia-lhe um urso muito invulgar. Era castanho, um castanho um pouco surrado, e tinha um chapéu verdadeiramente esquisito, com uma grande aba, tal como Mr. Brown o descrevera. Por baixo da aba, dois grandes olhos muito redondos fitavam-na.

Percebendo que estavam à espera que ele fizesse qualquer coisa, o urso levantou-se e, muito educadamente, tirou o chapéu, descobrindo duas orelhas pretas.

— Boa tarde — disse ele, numa vozinha muito límpida.

— Aaa... boa tarde — respondeu Mrs. Brown, hesitante. Fez-se um momento de silêncio.

O urso olhou para eles, intrigado. — Posso ajudá-los?

Mr. Brown ficou um bocado atrapalhado. — Bem... não. Aaa... estávamos precisamente a pensar se o poderíamos ajudar.

Mrs. Brown baixou-se. — És um urso muito pequenino — disse ela.

O urso encheu o peito de ar. — Sou de uma espécie muito rara de ursos — respondeu, cheio de vaidade. — Lá, de onde eu venho, já não existem muitos.

— E de onde é que tu vens? — perguntou Mrs. Brown.

O urso olhou em redor prudentemente, antes de responder. — Do interior do Peru. Na verdade, eu não deveria estar aqui. Sou um passageiro clandestino!

— Um passageiro clandestino? — Mr. Brown baixou a voz e olhou inquieto por cima do ombro. Quase que esperara ver um polícia atrás dele, com um bloco e um lápis, a tomar nota de tudo.

— Sim — confirmou o urso. — Emigrei, não sei se estão a ver. — Uma expressão triste ensombrou-lhe os olhos. — Eu vivia com a minha tia Lucy, no Peru, mas ela teve de ir para um lar para ursos reformados.

— Não estás a dizer que vieste da América do Sul completamente sozinho? — exclamou Mrs. Brown.

O urso assentiu. — A tia Lucy sempre me disse que queria que eu emigrasse assim que tivesse idade. Foi por isso que me ensinou a falar inglês.

— Mas como é que fizeste para comer? — perguntou Mrs. Brown. — Deves estar a morrer de fome.

Baixando-se, o urso abriu a mala de viagem com uma chavinha, que trazia também pendurada ao pescoço, e tirou de lá um boião de vidro quase vazio. — Comi compota — disse ele, muito orgulhoso. — Os ursos gostam de compota. E vivi num barco salva-vidas.

— Mas o que é que vais fazer agora? — disse Mr. Brown. — Não podes ficar simplesmente sentado na estação de Paddington à espera do que há de vir.

— Oh, vai tudo correr bem... espero. — O urso baixou-se para voltar a fechar a mala. Nesse momento, Mrs. Brown apercebeu-se do que estava escrito na etiqueta. Dizia, simplesmente, POR FAVOR TOMEM CONTA DESTE URSO. OBRIGADA.

Ela voltou-se, suplicante, para o marido. — Oh, Henry, o que é que nós vamos fazer? Não o podemos abandonar aqui. Não se sabe o que é que lhe pode acontecer. Londres é uma cidade tão grande, quando não se tem para onde ir. Ele não pode vir connosco e ficar em nossa casa durante alguns dias?

Mr. Brown hesitou. — Mas, Mary, minha querida, não o podemos levar... assim sem mais nem menos. Bem vistas as coisas...

— Bem vistas as coisas, *o quê*? — A voz de Mrs. Brown soava muito decidida. Olhou para o urso. — Ele é tão querido. E era uma excelente companhia para o Jonathan e para a Judy. Mesmo que seja só por algum tempo. Eles nunca nos perdoariam se soubessem que o tínhamos deixado aqui ficar.

— Isto parece-me tudo altamente ilegal — disse Mr. Brown, hesitante. — Tenho a certeza de que existem leis sobre isto. — Baixou-se. — Gostavas de vir para nossa casa? — perguntou. — Isto é — acrescentou precipitadamente, sem querer ofender o urso — ... se não tiveres outros planos.

O urso saltou e quase deixou cair o chapéu, tal era a excitação. — Ooooh, sim, por favor. Eu adorava. Não tenho para onde ir e as pessoas parecem todas tão cheias de pressa.

— Então, está decidido — disse Mrs. Brown, antes que o marido se lembrasse de mudar de ideias. — E podes comer compota ao pequeno-almoço todos os dias, e... — esforçou-se por se lembrar de mais alguma coisa de que um urso pudesse gostar.

— *Todos* os dias? — O urso parecia mal poder acreditar no que ouvia. — Em casa só comia compota em ocasiões especiais. No interior do Peru, a compota é muito cara.

— Então, a partir de amanhã, podes comê-la todos os dias — continuou Mrs. Brown. — E aos domingos, mel.

Uma expressão de preocupação toldou o rosto do urso. — E isso fica muito caro? — perguntou ele. — É que, sabem, eu não tenho muito dinheiro.

— De maneira nenhuma. Nem nos passava pela cabeça aceitar dinheiro nenhum. Esperamos que tu faças parte da família, não é verdade, Henry? — Mrs. Brown procurou o apoio do marido.

— É claro — disse Mr. Brown. — A propósito — acrescentou —, se vens viver connosco, é melhor saberes os nossos nomes. Esta é a Mrs. Brown e eu sou o Mr. Brown.

O urso ergueu educadamente o chapéu — duas vezes. — Eu não tenho propriamente um nome — disse ele. — Só tenho o meu nome peruano, que ninguém consegue perceber.

— Então é melhor arranjarmos-te um nome inglês — disse Mrs. Brown. — Torna as coisas muito mais simples. — Olhou em redor, à procura de inspiração. — Devia ser um nome muito especial — disse ela, pensativa. Mal acabara de falar, uma das máquinas de comboio estacionada num dos cais soltou um apito estridente e um comboio começou a avançar. — Já sei! — exclamou ela. — Encontrámos-te na estação de Paddington, portanto vais chamar-te Paddington!

— Paddington! — O urso repetiu o nome várias vezes, para se convencer. — Parece-me um nome muito comprido.

— É muito respeitável — disse Mr. Brown. — Sim, Paddington é um nome que me agrada. Fica, então, Paddington.

Mrs. Brown levantou-se. — Ótimo. Agora, Paddington, tenho de ir esperar ao comboio a nossa filhinha, a Judy. Vem da escola, passar as férias a casa.

Tenho a certeza de que depois de uma viagem tão longa, deves estar cheio de sede, por isso, vai com o Mr. Brown ao bar e ele oferece-te uma chávena de chá.

Paddington lambeu os beiços. — Tenho *muita* sede — respondeu. — A água do mar dá muita sede. — Pegou na mala, enterrou bem o chapéu na cabeça e fez um gesto educado na direção do bar: — Faz favor, primeiro o senhor, Mr. Brown.

— Aaa... obrigado, Paddington — respondeu Mr. Brown.

— Vê lá, Henry, toma bem conta dele — gritou Mrs. Brown, quando eles já se afastavam. — E, pelo amor de Deus, logo que tenham um momento, tira--lhe essa etiqueta do pescoço. Até parece que ele é alguma encomenda. Não tenho dúvidas de que se um bagageiro o encontra, o mete num vagão de mercadorias.

Quando eles entraram, o bar estava cheio, mas Mr. Brown conseguiu arranjar uma mesa para dois, num canto. De pé em cima de uma cadeira, Paddington conseguia apoiar confortavelmente as patas superiores no tampo de vidro. Olhou à sua volta com muito interesse, enquanto Mr. Brown foi buscar o chá. Ao ver toda a gente a comer, percebeu como estava esfomeado. Em cima da mesa estava um pãozinho doce meio comido, mas mal ele esticou a pata, a empregada atirou-o para dentro de um caixotinho.

— Isso não é bom para ti, meu fofo — disse ela, com uma palmadinha de simpatia. — Sabe-se lá por onde é que andou.

Paddington tinha tanta fome que não o preocupava nada saber por onde é que aquilo andara, mas era demasiado educado para dizer o que quer que fosse.

— Muito bem, Paddington — disse Mr. Brown, pousando em cima da mesa as duas chávenas fumegantes e um prato carregado de bolos. — E que tal isto para acompanhar?

Os olhos de Paddington brilharam. — É excelente, muito obrigado — exclamou ele, olhando hesitante para o chá. — Mas beber por uma chávena é muito difícil. Normalmente fico com o focinho entalado, ou então o meu chapéu cai lá dentro e fica com um sabor horrível.

Mr. Brown hesitou. — Então é melhor dares-me o teu chapéu. E vou deitar o chá num pires para tu poderes beber. Não é uma coisa muito bem vista nos locais mais elegantes, mas tenho a certeza de que, por uma vez, ninguém vai notar.

Paddington tirou o chapéu e pousou-o cuidadosamente em cima da mesa, enquanto Mr. Brown servia o chá. Olhava sofregamente para os bolos, em especial para um grande, com creme e geleia, que Mr. Brown havia colocado num prato, à sua frente.

— Aqui tens, Paddington — disse ele. — Lamento que não haja bolos com compota, mas achei que estes eram os mais parecidos.

— Estou feliz por ter emigrado — disse Paddington, esticando uma pata para puxar o prato para mais perto. — Acha que alguém se importa se eu subir para cima da mesa para comer?

Antes que Mr. Brown tivesse tempo de responder, já ele tinha subido para a mesa e segurava firmemente no bolo com a pata direita. Era um bolo enorme, o maior e mais pegajoso que Mr. Brown conseguira encontrar e, em poucos momentos, todo o recheio se encontrava espalhado pelos bigodes de Paddington. As pessoas começavam a cochichar entre si e a olhar para eles. Mr. Brown desejou ter escolhido um bolo seco, simples, mas não estava muito familiarizado com os modos dos ursos. Bebia golinhos do seu chá e olhava pela janela, como se não tivesse feito outra coisa em toda a sua vida a não ser tomar chá com um urso na estação de Paddington.

— Henry! — O som da voz da mulher trouxe-o de volta à terra, sobressaltando-o. — Henry, o que é que tu estás a fazer a esse pobre urso? Olha para ele! Está todo coberto de creme e geleia.

Mr. Brown levantou-se de um salto, assustado.
— Mas ele parecia estar cheio de fome — respondeu, desalentado.

Mrs. Brown virou-se para a filha. — Estás a ver o que acontece quando deixo o teu pai sozinho durante cinco minutos?

Judy bateu palmas, excitadíssima. — Oh, paizinho, ele vai mesmo ficar connosco?

— Se ficar — disse Mrs. Brown —, estou mesmo a ver que alguém, sem ser o teu pai, vai ter de cuidar dele. Olha só o estado em que ele está!

Paddington, que durante todo este tempo estivera demasiado interessado no seu bolo para se preocupar com o que se estava a passar, teve subitamente a perceção de que as pessoas estavam a falar com ele. Levantou os olhos e verificou que Mrs. Brown estava na companhia de uma menina com olhos azuis risonhos e cabelo loiro comprido. Deu um salto, fazendo menção de tirar o chapéu e, na pressa, escorregou num bocado de geleia de morango que, sabe-se lá como, tinha ido parar ao tampo de vidro. Por um breve momento, teve uma tontura, acompanhada da sensação de que tudo e toda a gente estava de cabeça para baixo. Agitou desastradamente as patas no ar e depois, antes que alguém tivesse tempo de o segurar, deu uma cambalhota para trás e aterrou com grande espalhafato em cima do pires do chá. Saltou então ainda com maior ligeireza porque o chá ainda estava muito quente e aterrou em cima da chávena de Mr. Brown.

Judy atirava a cabeça para trás e ria até as lágrimas lhe correrem pela cara abaixo. — Oh mãezinha, mas que divertido que ele é! — gritava ela.

Paddington, que não estava a achar nada daquilo divertido, ficou de pé, durante um momento, com um pé em cima da mesa e o outro em cima da chávena de Mr. Brown. Havia enormes manchas de creme branco por todo o seu focinho, e um pedaço de geleia de morango na sua orelha esquerda.

— Quem é que havia de dizer — disse Mrs. Brown — que alguém era capaz de fazer tudo isto apenas com um bolo.

Mr. Brown tossiu. Acabava de se aperceber do olhar carrancudo de uma empregada, no outro lado do balcão. — Talvez — disse ele — fosse melhor irmos indo. Vou ver se consigo arranjar um táxi. — Pegou na bagagem de Judy e apressou-se a sair.

Paddington saltou rapidamente da mesa e, lançando um derradeiro olhar aos restos pegajosos do bolo, desceu para o chão.

Judy pegou-lhe numa pata. — Anda, Paddington. Vamos levar-te para casa e lá vais poder tomar um belo banho quentinho. Depois podes contar-me tudo acerca da América do Sul. Tenho a certeza de que tens milhares de aventuras maravilhosas para contar.

— Tenho — disse Paddington, entusiasmado. — Milhares. Estão sempre a acontecer-me coisas. Sou esse tipo de urso.

Quando saíram do bar, Mr. Brown já tinha apanhado um táxi e fez-lhes sinal para se aproximarem. O taxista olhou severamente para Paddington e depois para o interior impecavelmente limpo do seu táxi.

— Ursos pagam tarifa extra — disse, de mau humor. — E ursos pegajosos, o dobro da tarifa extra.

— Ele não tem a culpa de estar pegajoso, senhor motorista — disse Mr. Brown. — Acabou de ter um acidente muito desagradável.

O taxista hesitou. — Bom, está bem, entrem. Mas cuidado para ele não sujar o táxi. Ainda esta manhã o lavei.

Os Browns entraram obedientemente para a parte de trás do táxi. Mr. e Mrs. Brown e Judy sentaram-se ao fundo, deixando a Paddington o assento rebatível atrás do condutor para que pudesse ir a olhar pela janela.

O sol brilhava quando saíram da estação e depois do ambiente sombrio e do barulho, tudo parecia brilhante e alegre. Passaram por um grupo de pessoas numa paragem de autocarro e Paddington fez-lhe adeus. Muitas pessoas ficaram a olhar espantadas e um homem acenou em resposta. Era tudo muito amistoso. Depois de semanas sozinho dentro de um barco salva-vidas, havia aqui muito para ver. Pessoas, carros e grandes autocarros vermelhos, por todo o lado — não se parecia nem um bocadinho com o interior do Peru.

Paddington manteve um olho bem atento ao que se passava fora da janela, para não perder nada. Com o outro olho, observava Mr. e Mrs. Brown e Judy. Mr. Brown era gordo e bem-disposto, com um grande bigode e óculos, enquanto Mrs. Brown, que era também a deitar para o cheiinho, parecia uma versão em tamanho grande de Judy. Paddington acabara precisamente de concluir que ia gostar de viver com os Browns quando a portinhola de vidro atrás do condutor se abriu bruscamente e uma voz resmunguenta perguntou: — Onde é que disseram que queriam ficar?

Mr. Brown inclinou-se para a frente. — Número trinta e dois, Windsor Gardens.

O condutor colocou a mão em concha, em redor da orelha. — Não ouvi — gritou ele.

Paddington tocou-lhe levemente no ombro. — Número trinta e dois, Windsor Gardens — repetiu ele.

O taxista deu um pulo ao ouvir a voz de Paddington e por pouco não bateu contra um autocarro. Olhou para o ombro e ficou furioso. — Creme! — exclamou, irado. — Tenho o meu casaco novo cheio de creme!

Judy riu-se baixinho e Mr. e Mrs. Brown trocaram olhares. Mr. Brown olhou para o taxímetro. Quase esperara ver adicionar uma nova taxa de mais cinquenta centavos.

— Peço desculpa — disse Paddington. Inclinou-se para a frente e tentou limpar a nódoa com a outra pata. Sem se perceber como, várias migalhas de bolo e um bocadinho de geleia de morango apareceram misteriosamente no casaco do taxista. O homem lançou a Paddington um longo e severo olhar. Paddington ergueu o chapéu e o condutor bateu de novo com o vidro.

— Oh meu Deus — disse Mrs. Brown. — Temos mesmo de lhe dar um banho assim que chegarmos a casa. Está a espalhar-se por todo o lado.

Paddington ficou com um ar preocupado. Não era que ele não gostasse de banhos, de forma alguma, mas preferia estar coberto de creme e geleia.

Parecia-lhe uma pena ir lavar já tudo aquilo. Mas antes que tivesse tempo de refletir sobre o assunto, o táxi parou e os Browns começaram a sair. Paddington pegou na sua mala e seguiu Judy por um lance de degraus brancos que levavam a uma porta verde, grande.

— Agora vais conhecer Mrs. Bird — disse Judy. — É ela que toma conta de nós. Às vezes é um bocado severa e protesta que se farta, mas não é por mal. Tenho a certeza de que vais gostar dela.

Paddington sentiu os joelhos tremerem. Olhou à sua volta, à procura de Mr. e Mrs. Brown, mas eles pareciam estar envolvidos numa discussão qualquer com o taxista. Entretanto, ouviu passos aproximarem-se, vindos do outro lado da porta.

— Se tu dizes isso, então com certeza que vou gostar dela — disse ele, tentando ver-se refletido na caixa do correio recentemente polida. — Mas gostará ela de mim?

Capítulo Dois

Um Urso em Água Quente

PADDINGTON NÃO SABIA bem o que deveria esperar quando Mrs. Bird abrisse a porta. Ficou agradavelmente surpreendido ao serem recebidos por uma mulher forte, com aspeto maternal, cabelos grisalhos e um brilho de simpatia no olhar. Quando ela viu Judy, levou ambas as mãos à cabeça. — Minha Nossa Senhora, já cá está — disse ela, horrorizada. — E eu mal acabei as limpezas. — Vai querer chá, não é verdade?

— Olá, Mrs. Bird — disse Judy. — Que bom voltar a vê-la. Como é que vai o seu reumatismo?

— Cada vez pior — começou Mrs. Bird. Depois deteve-se e olhou para Paddington. — Mas o que é que traz aí? — perguntou. — O que é essa coisa?

— Não é uma *coisa* — disse Judy. — É um urso. Chama-se Paddington.

Paddington tirou o chapéu.

— Um *urso* — disse Mrs. Bird com um ar desconfiado. — Bem, tem bons modos, tenho de reconhecer.

— Ele vai ficar connosco — anunciou Judy. — Emigrou da América do Sul e está só, sem ter para onde ir.

— Vai *ficar* connosco? — Mrs. Bird voltou a erguer os braços. — Durante quanto tempo?

Judy olhou misteriosamente em redor antes de responder. — Não sei — disse ela. — Depende de várias *coisas*.

— Deus tenha dó de mim — exclamou Mrs. Bird. — Mas porque é que não me disseram? Nem sequer fiz a cama de lavado no quarto de hóspedes, nem nada. — Olhou para Paddington. — De qualquer modo, a avaliar pelo estado em que ele está, não deve fazer grande diferença.

— Tudo bem, Mrs. Bird — disse Paddington. — Acho que vou tomar um banho. Tive um acidente com um bolo.

— Ah! — Mrs. Bird segurava na porta aberta. — Bem, nesse caso é melhor ires entrando. Tem só cuidado com a carpete. Acabei de a limpar.

Judy segurou na pata de Paddington e apertou-lha. — Ela não se importa. Diz por dizer — murmurou. — Acho que ela até gosta de ti.

Paddington observou a figura de Mrs. Bird, que se retirava. — Parece bastante severa — disse ele.

Mrs. Bird voltou-se. — O que é que disseste?

Paddington deu um salto. — Eu... eu... — começou.

— De onde é que tu disseste que vens? Do Peru?

— Exatamente — respondeu Paddington. — Do interior do Peru.

— Hum! — Mrs. Bird ficou pensativa durante um momento. — Então penso que gostas de compota. O melhor é eu ir buscar alguma à mercearia.

— Estás a ver? O que é que eu te tinha dito? — exclamou Judy, quando a porta se fechou atrás de Mrs. Bird. — Ela *gosta* mesmo de ti.

— Imagina que ela até sabia que eu gosto de compota — disse Paddington.

— Mrs. Bird sabe tudo acerca de tudo — respondeu Judy. — Agora é melhor vires comigo lá acima, para eu te mostrar o teu quarto. Era o meu, quando eu era pequenina, e tem montes de imagens de ursos nas paredes, por isso espero que te sintas em casa. — Ela adiantou-se para lhe ensinar o caminho, subindo um longo lance de escadas, sem parar nunca de tagarelar. Paddington seguia-a bem de perto, mantendo-se cuidadosamente na beira, para não pisar a passadeira.

— Aqui é a casa de banho — disse Judy. — E aqui é o meu quarto. Ali é o do Jonathan — que é o meu irmão, daqui a pouco já o vais conhecer. E aquele é o quarto da mãe e do pai. — Abriu uma porta. — E este vai ser o teu!

Paddington quase caiu, com a surpresa, quando entrou atrás dela no quarto. Nunca tinha visto um tão grande. Encostada à parede estava uma grande cama com lençóis brancos e várias caixas grandes, uma delas com um espelho em cima. Judy abriu uma gaveta numa das caixas. — A isto chama-se uma cómoda — disse ela. — Podes guardar aqui todas as tuas coisas.

Paddington olhou para a gaveta e depois para a sua mala de viagem. — Acho que não tenho assim muitas coisas. É o problema de se ser pequeno — as pessoas acham sempre que não queremos coisas.

— Então vamos ter de ver como remediar isso — disse Judy, num tom misterioso. — Vou tentar convencer a mamã a levar-te com ela numa das suas excursões de compras. — Ajoelhou-se ao lado dele. — Deixa-me ajudar-te a desfazer a mala.

— É muito simpático da tua parte. — Paddington atrapalhou-se com o fecho. — Mas não creio que tenha o suficiente para precisar de ajuda. Tenho um boião de compota — só que praticamente já não tem nada e o que ficou sabe imenso a algas. E o meu caderno de desenhos. E alguns centavos — que é uma espécie de *cêntimo* da América do Sul.

— Meu Deus! — exclamou Judy. — Nunca tinha visto nenhuma. São tão brilhantes!

— Ah, sou eu que gosto de as manter polidas — disse Paddington. — Não as *gasto.* — Tirou da mala uma fotografia amachucada. — E esta é a fotografia da minha tia Lucy. Foi tirá-la antes de entrar para o lar para ursos reformados, em Lima.

— Parece muito simpática — disse Judy. — E muito sabedora. — Vendo que Paddington ficava com um olhar distante e triste, acrescentou apressadamente: — Bem, agora vou deixar-te, para tu poderes tomar o teu banho e ires lá para baixo todo bonito e limpo. Vais ver duas torneiras, uma é da água quente e outra da água fria. Há imenso sabão e uma toalha limpa. Ah, e uma escova, para escovares as costas.

— Parece tudo muito complicado — disse Paddington. — Não chega se eu me sentar só numa pocinha de água, ou coisa assim?

Judy riu-se. — Bem, aí está uma coisa que de certeza a Mrs. Bird não iria aprovar! E não te esqueças de lavar as orelhas. Estão pretíssimas.

— Elas *são* pretas — protestou, indignado, Paddington, enquanto Judy fechava a porta.

Trepou para um banquinho ao lado da janela e olhou para fora. Havia um jardim grande, bastante interessante, com um laguinho e várias árvores que pareciam excelentes para trepar. Para lá das árvores, avistavam-se mais casas, até perder de vista. Concluiu que deveria ser uma coisa maravilhosa viver sempre numa casa destas. Ficou imóvel, perdido nos seus pensamentos, até que a janela ficou tão embaciada que ele já não conseguia ver nada lá para fora. Então tentou escrever o seu nome, com a pata, no vidro embaciado. Começou a desejar que o nome não fosse tão grande, porque em breve ficou sem espaço embaciado e além disso era muito difícil de soletrar.

— Mesmo assim — trepou para o toucador e observou-se ao espelho —, é um nome muito importante. E não creio que haja muitos ursos no mundo chamados Paddington!

Mal ele sabia que naquele preciso momento Judy estava a dizer exatamente a mesma coisa a Mr. Brown. Os Browns encontravam-se reunidos em conselho de guerra na sala de jantar e Mr. Brown estava a travar uma batalha perdida. Tinha começado por ser ideia de Judy ficarem com o Paddington, no que tinha do seu lado não só Jonathan, mas também a mãe. Jonathan ainda não conhecera Paddington, mas a ideia de ter um urso na família atraía-o. Dava-lhes um ar importante.

— Mas afinal, Henry — argumentou Mrs. Brown —, agora não o podes mandar embora. Não é coisa que se faça.

Mr. Brown suspirou. Ele sabia reconhecer uma derrota. Não era que ele não gostasse da ideia de ficar com Paddington. Intimamente, gostava tanto dele como qualquer dos outros. Mas como chefe da família Brown, achava que devia analisar a questão sob todos os ângulos.

— Tenho a certeza de que, em primeiro lugar, temos de participar o caso a alguém — disse ele.

— Não sei porquê, pai — exclamou Jonathan. — Para além disso, se o fizermos, ele pode ser preso como passageiro clandestino.

Mrs. Brown pousou o tricô. — O Jonathan tem razão, Henry. Não podemos permitir que isso aconteça. Ele não fez nada de mal. Tenho a certeza de que não prejudicou ninguém por viajar num barco salva-vidas, como ele fez.

— Depois há a questão da semanada — disse Mr. Brown, prestes a ceder. — Não sei que semanada é que se deve dar a um urso.

— Pode receber uma libra por semana, como as outras crianças — respondeu Mrs. Brown.

Mr. Brown demorou-se a acender o cachimbo, antes de responder.

— Bem — disse ele —, primeiro temos de saber o que é que a Mrs. Bird acha disto, é claro.

Ouviu-se um coro triunfante vindo do resto da família.

— Então é melhor perguntares-lhe — disse Mrs. Brown, depois de a excitação ter acalmado. — A ideia foi tua.

Mr. Brown pigarreou. Ele tinha um bocadinho de medo de Mrs. Bird e não tinha a certeza se ela ia aceitar aquilo bem. Estava para sugerir que deixassem isso para mais tarde quando a porta se abriu e a própria Mrs. Bird entrou, trazendo o tabuleiro do chá. Fez uma pausa e olhou em redor, para o mar de rostos expectantes.

— Suponho — disse ela — que me querem dizer que decidiram ficar com o jovem Paddington.

— Podemos, Mrs. Bird? — suplicou Judy. — Por favor! Tenho a certeza de que ele se vai portar muito bem.

— Hammm! — Mrs. Bird pousou o tabuleiro na mesa. — Isso é o que se há de ver. Pessoas diferentes têm opiniões diferentes sobre o que é portar-se bem. — Mesmo assim — ela hesitou ao chegar à porta —, ele parece do tipo de urso que sabe comportar-se.

— Então não se importa, Mrs. Bird? — perguntou Mrs. Brown.

Mrs. Bird pensou durante um momento. — Não. Não me importo absolutamente nada. Sempre tive um fraquinho por ursos. Vai ser agradável ter um em casa.

— Bem — Mrs. Brown suspirou de alívio. — Quem é que ia imaginar uma coisa destas!

— Eu já esperava porque ele tirou o chapéu para cumprimentar — disse Judy. — Isso causou uma boa impressão. A Mrs. Bird gosta de gente educada.

Mrs. Brown voltou a pegar no tricô. — Acho que alguém devia escrever a contar à tia Lucy. Tenho a certeza de que ela gostará de saber que ele está a salvo. — Voltou-se para Judy. — Era capaz de ser simpático tu e o Jonathan escreverem uma carta em conjunto.

— A propósito — disse Mr. Brown —, lembrei-me agora: onde está o Paddington? Não continua no quarto, pois não?

Judy ergueu os olhos da secretária, onde tinha ido procurar papel de carta. — Está tudo bem. Foi só tomar banho.

— *Banho?* — O rosto de Mrs. Brown manifestou preocupação. — Ele é muito pequeno para tomar banho sozinho.

— Não te preocupes, Mary — resmungou Mr. Brown, instalando-se no cadeirão, com o jornal. — Provavelmente está a ter a grande experiência da sua vida.

Mr. Brown não andava muito longe da verdade ao dizer que Paddington estava a ter a grande experiência da sua vida. Só que, infelizmente, não era no sentido que ele queria dizer. Completamente a leste de que o seu destino estava a ser decidido no andar de baixo, Paddington estava sentado no meio do chão da casa de banho, a desenhar o mapa da América do Sul com o creme de barbear de Mr. Brown.

Paddington gostava de geografia. Pelo menos gostava do *seu* tipo de geografia, que significava conhecer lugares exóticos e gente diferente. Antes de partir da América do Sul na sua longa viagem para Inglaterra, a tia Lucy, que era uma velha ursa muito instruída, esforçara-se por lhe ensinar tudo aquilo que sabia. Contara-lhe tudo acerca dos lugares que iria ver no decurso da viagem e passara longas horas a ler para ele tudo sobre as pessoas que ele iria conhecer.

Fora uma longuíssima viagem, quase meia volta ao mundo, portanto o mapa de Paddington ocupava a maior parte do chão da casa de banho e fora necessário quase todo o creme de barbear de Mr. Brown. Com o pouco que sobrara, ele experimentara uma vez mais escrever o seu novo nome. Tentou várias vezes e acabou por se decidir por PADINGTUN. Tinha um ar respeitável.

Foi só quando uma gota de água quente lhe aterrou no nariz que ele se apercebeu de que a banheira estava cheia e começava a transbordar. Com um suspiro, trepou para a borda da banheira, fechou os olhos, tapou o nariz com uma pata e saltou. A água estava quente, escorregadia do sabão e muito mais funda do que ele calculara. Foi obrigado a esticar-se nos bicos dos pés para conseguir manter o nariz fora de água. Foi então que sofreu o choque da sua vida. Uma coisa é entrar para o banho. Outra coisa é sair de lá, principalmente quando a água nos chega ao nariz, os rebordos da banheira estão escorregadios e os olhos cheios de sabão. Nem sequer conseguia voltar-se para fechar as torneiras.

Experimentou gritar «Socorro», primeiro numa voz normal, depois muito alto: SOCORRO! SOCORRO!

Esperou um bom momento, mas não apareceu ninguém. Subitamente, teve uma ideia. Que bom ele não ter ainda tirado o seu chapéu! Pegou nele e começou a baldear a água para fora da banheira.

O chapéu tinha vários buracos porque era muito velho e tinha em tempos pertencido ao seu tio, mas, apesar de o volume da água não conseguir diminuir muito, pelo menos não aumentava.

— Que estranho — disse Mr. Brown, saltando do cadeirão e esfregando a testa. — Era capaz de jurar que senti pingos de água!

— Não sejas tonto, querido. Como é que isso é possível? — Mrs. Brown, ocupada com o seu tricô nem se deu ao trabalho de olhar.

Mr. Brown resmungou qualquer coisa e voltou ao jornal. Ele sabia que tinha sentido qualquer coisa, mas não valia a pena discutir. Olhou desconfiado para as crianças, mas Judy e Jonathan estavam ocupados a escrever a carta.

— Quanto é que custa mandar uma carta para Lima? — perguntou Jonathan.

Judy ia responder quando mais uma gota de água caiu do teto, desta vez em cima da mesa.

— Ó meu Deus! — Ela pôs-se de pé de um salto, arrastando consigo Jonathan. Por cima das suas cabeças havia uma enorme mancha de água *e* mesmo por baixo da casa de banho!

— Onde é que vais com tanta pressa, querida? — perguntou Mrs. Brown.

— Vou só lá acima ver como é que está o Paddington. — Judy empurrou Jonathan pela porta fora e fechou-a silenciosamente.

— Meu Deus — exclamou Jonathan. — Mas o que é que se passa?

— É o Paddington — gritou Judy por cima do ombro, correndo pelas escadas acima. — Acho que há sarilho!

Correu pelo corredor e bateu com força à porta da casa de banho. — Estás bem, Paddington? — gritou. — Podemos entrar?

— SOCORRO! SOCORRO! — gritou Paddington. — Entrem, por favor. Acho que me vou afogar!

— Oh, Paddington. — Judy debruçou-se sobre a banheira e ajudou Jonathan a pousar no chão um Paddington a escorrer água e muito assustado. — Oh, Paddington! Graças a Deus que estás bem!

Paddington estava deitado de costas, numa poça de água. — O que me salvou foi ter o meu chapéu —

murmurou, exausto. — A tia Lucy recomendou-me que nunca andasse sem ele.

— Mas por que carga de água é que não destapaste o ralo, meu tonto? — disse Judy.

— Oh! — Paddington parecia contristado. — Eu... eu nunca me lembrei disso.

Jonathan olhava com admiração para Paddington.
— Meu Deus — disse ele. — Como é que conseguiste fazer esta barafunda toda? Nem eu sou capaz de pôr tudo neste estado!

Paddington sentou-se e olhou em redor. O chão da casa de banho estava integralmente coberto com uma espécie de espuma branca nos sítios em que a água quente se misturara com o mapa da América do Sul. — Está um bocadinho sujo — admitiu ele. — Não sei como é que isto aconteceu.

— Sujo!... — Judy pô-lo de pé e enrolou uma toalha à sua volta. — Paddington, temos aqui muito trabalho para fazer antes de descermos. Se Mrs. Bird vê isto nem sei o que é que ela vai dizer.

— Eu sei — exclamou Jonathan. — Ela às vezes também mo diz a mim.

Judy começou a limpar o chão com um pano. — Tu, seca-te rapidamente, não vás apanhar uma constipação.

Paddington começou obedientemente a esfregar-se com a toalha. — Devo admitir — disse ele, vendo-se ao espelho — que estou muito mais limpo do que estava. Nem pareço eu!

Paddington parecia efetivamente muito mais limpo do que quando chegara a casa dos Browns. O seu pelo, que na realidade era de uma cor bastante clara e não castanho-escuro como parecia antes, estava espetado como uma escova, só que macio e sedoso. O seu nariz brilhava e as orelhas tinham perdido todos os vestígios de geleia e creme. Estava tão limpo que, quando entrou na sala de jantar, daí a algum tempo, toda a gente fingiu que não o estava a conhecer.

— A porta de serviço é nas traseiras — disse Mr. Brown, espreitando de trás do jornal.

Mrs. Brown pousou o tricô e ficou a olhar para ele. — Creio que se enganou na casa — disse ela. — Este é o trinta e dois, não o trinta e quatro!

Até Jonathan e Judy corroboraram que devia haver um engano qualquer. Paddington estava já a ficar preocupado quando desataram todos a rir e lhe disseram como ele estava bonito, escovado, penteado e com um ar tão respeitável.

Arranjaram-lhe lugar num pequeno sofá perto da lareira e Mrs. Bird trouxe mais uma chávena de chá e um prato com torradas quentes barradas com manteiga.

— Agora, Paddington — disse Mr. Brown quando estavam todos instalados. — E que tal contar-nos tudo acerca de ti e de como chegaste a Inglaterra?

Paddington instalou-se confortavelmente no sofá, limpou delicadamente um pedacinho de manteiga dos bigodes, cruzou as patas atrás da cabeça e estendeu os dedos dos pés na direção da lareira. Ele gostava de ter público, principalmente quando estava quentinho e o mundo parecia um lugar tão acolhedor.

— Fui criado no interior do Peru — começou. — Pela minha tia Lucy. Aquela que vive num lar para ursos reformados, em Lima. — Fechou os olhos, pensativamente.

O silêncio instalou-se na sala e todos se mantiveram expectantes. Passado um pouco, quando nada aconteceu, começaram a ficar inquietos. Mr. Brown tossiu ruidosamente. — Não me parece uma história muito excitante — disse, impaciente.

Estendeu o braço e tocou com o cachimbo em Paddington. — Por esta não esperava eu — disse. — Acho que adormeceu!

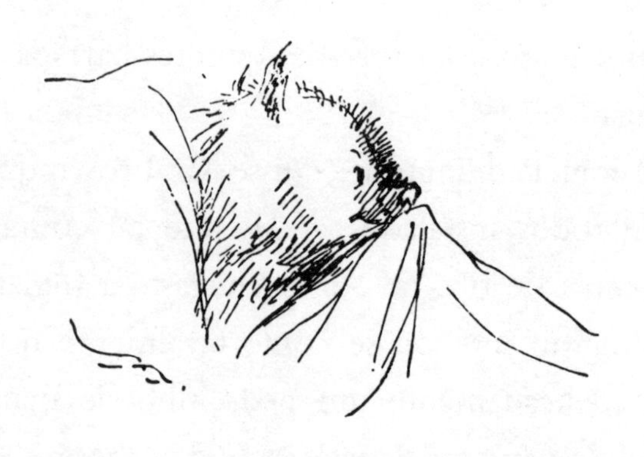

Capítulo Três

Paddington Viaja de Metro

Paddington ficou muito surpreendido quando acordou na cama, na manhã seguinte. Concluiu que era uma sensação excelente, enquanto se espreguiçava e puxava os lençóis para cima da cabeça com uma pata. Esticou as pernas e encontrou um espacinho frio para os dedos dos pés. Uma vantagem de se ser um urso muito pequeno numa cama grande, era o espaço que sobrava.

Passados uns minutos, deitou cautelosamente a cabeça de fora e farejou. Havia um cheiro delicioso que entrava por baixo da porta. Parecia que se aproximava cada vez mais. Também se apercebeu de que soavam passos, a subir a escada. Quando se detiveram à sua porta, ouviu bater e a voz de Mrs. Bird chamou: — Estás acordado, jovem Paddington?

— Acordei agora mesmo — respondeu Paddington, esfregando os olhos.

A porta abriu-se. — Que grande soneca — disse Mrs. Bird, pousando um tabuleiro em cima da cama e puxando as cortinas. — Podes considerar-te uma pessoa muito privilegiada por tomares o pequeno-almoço na cama, num *dia de semana*!

Paddington fixava esfomeadamente o tabuleiro. Havia meia toranja numa taça, um prato com *bacon* e ovos, torradas e um boião inteiro de compota, isto para já não falar na grande chávena de chá. — É tudo para mim? — exclamou ele.

— Se não queres, é só dizer, que eu levo já daqui — respondeu Mrs. Bird.

— Oh, quero — disse apressadamente Paddington. — É que nunca na minha vida tinha visto tanto pequeno-almoço.

— Pois bem, então despacha-te. — Mrs. Bird voltou-se quando já tinha chegado à porta e olhou para ele. — Porque esta manhã vais a uma excursão de compras com Mrs. Brown e a Judy. E a única coisa que posso dizer é que, graças a Deus, eu não vou! — Fechou a porta.

— O que é que quereria ela dizer com aquilo? — disse Paddington. Mas não ficou especialmente preocupado. Tinha imenso que fazer. Era a primeira vez que tomava o pequeno-almoço na cama e em breve iria perceber que não era tão fácil como parecia. Em primeiro lugar, teve sérias dificuldades com a toranja. Sempre que a pressionava com a colher, espirrava um longo jato de sumo que lhe saltava para os olhos, o que era muito doloroso. E, entretanto, estava preocupadíssimo porque o *bacon* e os ovos estavam a arrefecer. Depois, havia a questão da compota. Ele queria guardar um espaço para a compota.

Por fim, decidiu que seria muito mais agradável se misturasse tudo no mesmo prato e se sentasse em cima do tabuleiro para comer.

— Oh, Paddington — disse Judy quando entrou no quarto uns minutos depois e o encontrou empoleirado no tabuleiro —, mas o que é que tu estás a fazer? Despacha-te. Estamos à tua espera lá em baixo.

Paddington olhou para ela, com uma expressão de pura felicidade no rosto — na parte do rosto que se conseguia ver por trás dos bocados de ovo e das migalhas de torrada. Tentou dizer qualquer coisa, mas só conseguiu emitir uma espécie de grunhido abafado que se parecia vagamente com ESTOUAIR.

— Francamente! — Judy pegou no seu lenço e limpou-lhe a cara. — Tu és o urso mais pegajoso que se pode imaginar. E se não te despachares depressa, as coisas melhores vão desaparecer todas. A mãe vai comprar-te uma roupa nova completa no Barkridges — segundo a ouvi dizer. Vá lá, penteia rapidamente o pelo e vem para baixo.

Quando ela fechou a porta, Paddington olhou para os restos do pequeno-almoço. A maior parte tinha ido, mas ainda havia um grande bocado de *bacon* que lhe pareceu uma pena perder-se. Decidiu que o ia guardar na mala de viagem, não fosse vir a ter fome mais tarde.

Entrou rapidamente para a casa de banho e esfregou a cara com água quente. Depois penteou cuidadosamente os bigodes e, momentos depois, com um aspeto talvez não tão lavado como na noite anterior, mas bastante elegante, desceu as escadas.

— Espero que não vás levar esse chapéu — disse Mrs. Brown olhando para ele.

— Oh, mãezinha, deixa lá — pediu Judy. — É tão... tão invulgar.

— Lá invulgar, é — disse Mrs. Brown. — Não sei se eles terão alguma vez visto um igual. Tem um formato tão engraçado. Não sei como é que se poderá chamar.

— É um chapéu militar — disse Paddington, orgulhosamente. — E salvou-me a vida.

— Salvou-te a vida? — repetiu Mrs. Brown. — Não sejas tonto. Como é que um chapéu te podia salvar a vida?

Paddington preparava-se para lhe contar a sua aventura no banho na noite anterior, quando levou uma cotovelada de Judy. Ela abanou a cabeça. — Ah... é uma longa história — disse ela, laconicamente.

— Então é melhor deixá-la para outra ocasião — disse Mrs. Brown. — Agora venham daí. Os dois.

Paddington pegou na sua mala de viagem e seguiu Mrs. Brown e Judy até à porta da frente. À porta, Mrs. Brown parou e cheirou o ar.

— Mas que coisa tão estranha — disse ela. — Parece-me haver um cheiro a *bacon* por todo o lado, esta manhã. Não sentes, Paddington?

Paddington estremeceu. Escondeu atrás das costas a mala, muito comprometido, e cheirou também. Ele tinha um sortido de expressões que reservava para emergências. Tinha a expressão pensativa, que era quando olhava para o vazio e pousava o queixo numa pata. Depois tinha a expressão inocente, que não era exatamente uma expressão. Decidiu optar por essa.

— É muito forte — disse ele, honestamente, porque ele era um urso honesto. E depois acrescentou, talvez já não tão honestamente: — De onde é que virá?

— Se eu fosse a ti — murmurou Judy, enquanto se dirigiam para a estação do metro, teria mais cuidado no futuro quando fizesse a mala!

Paddington baixou os olhos. Um grande pedaço de *bacon* tinha ficado entalado ao fechar a mala e arrastava pelo chão.

— Shooo! — gritou Mrs. Brown para um cão com aspeto assanhado que atravessou a estrada a correr na direção deles. Paddington abanou a mala. — Vai--te embora, cão! — disse ele, com determinação. O cão lambeu os beiços e Paddington continuou a olhar, ansioso, por cima do ombro, enquanto corria, mantendo-se bem perto de Mrs. Brown e de Judy.

— Meu Deus — disse Mrs. Brown. — Tenho uma sensação tão estranha, hoje. Como se *coisas* estivessem para acontecer. Nunca tens essa sensação, Paddington?

Paddington refletiu durante um momento. — Às vezes — disse ele, vagamente, ao entrarem na estação.

Ao princípio, Paddington ficou um pouquinho desiludido com o metropolitano. Gostou do barulho e da confusão e do cheiro do ar quente que o acolheu à entrada. Mas não achou que o bilhete valesse grande coisa.

Observou atentamente o bocado de cartolina verde que segurava na pata. — Por oito cêntimos, parece-me pouco — disse ele. Depois de todos os maravilhosos zumbidos e tinidos que a máquina fizera, aquilo era uma desilusão. Esperara muito mais pelo seu dinheiro.

— Mas, Paddington — suspirou Mrs. Brown —, o bilhete serve apenas para poderes andar no comboio. Sem ele não te deixam entrar. — Ela parecia bastante nervosa. Bem no íntimo, começava a desejar que tivessem deixado a saída para mais tarde, quando não houvesse tanto movimento. Depois havia também aquela coisa estranha dos cães. Não um, mas seis cães de várias formas e feitios, tinham-nos seguido até dentro da estação. Ela tinha a estranha sensação de que aquilo tinha a ver com Paddington, mas na única vez em que o seu olhar se cruzara com o dele, ele tinha uma expressão tão inocente que ela até se sentiu incomodada por ter tais pensamentos.

— Eu acho — disse ela para Paddington, quando chegaram à escada rolante —, que o melhor era nós pegarmos-te ao colo. A lei diz que se devem transportar os cães ao colo, mas não diz nada sobre ursos.

Paddington não respondeu. Seguia atrás delas como que num sonho. Sendo um urso muito baixo, ele não conseguia ter uma boa visão para além dos lados da escada, mas quando conseguiu ver, os olhos quase lhe saltavam das órbitas com a excitação. Havia gente por toda a parte. Ele nunca tinha visto tantas pessoas juntas. Havia pessoas que corriam por uma escada abaixo, de um lado, e outras que corriam escada acima, do outro lado. Todos pareciam terrivelmente apressados. Quando chegou ao fim da escada rolante, sentiu-se arrastado entre um homem com um chapéu de chuva e uma senhora com um saco de compras. Quando se conseguiu libertar deles, já Mrs. Brown e Judy tinham desaparecido completamente.

Foi então que ele viu o aviso mais espantoso. Pestanejou várias vezes, para se certificar, mas cada vez que abria os olhos, lia a mesma coisa: SIGA A LUZ AMARELA PARA PADDINGTON.

Paddington decidiu que o metropolitano era a coisa mais excitante que ele jamais vira. Deu meia-volta e caminhou pelo corredor, seguindo as luzes amarelas, até se reunir a um novo ajuntamento de pessoas que faziam fila para a escada rolante para «subir».

— Ouça lá — disse o homem ao cimo da escada, examinando o bilhete de Paddington. — Mas o que vem a ser isto? Você ainda não esteve em nenhum sítio.

— Eu sei — disse Paddington, lamentosamente. — Devo ter-me enganado lá ao fundo.

O homem fungou, desconfiado e chamou o inspetor que estava mais perto. — Está aqui um jovem urso que cheira a *bacon*. Diz que se enganou lá ao fundo.

O inspetor entalou os polegares no colete. — As escadas rolantes são para uso e comodidade dos passageiros — disse ele, com dureza. — Não é para os jovens ursos brincarem a seu bel-prazer. Principalmente em horas de ponta.

— Sim, senhor — disse Paddington, tirando o chapéu. Mas nós não temos escadas rol... rol....

— ... lantes — disse o inspetor, prestável.

— ... lantes — disse Paddington —, no interior do Peru. Nunca andei numa, por isso é muito difícil.

— Interior do Peru? — disse o inspetor, parecendo profundamente impressionado. — Bem, nesse caso — levantou a corrente que dividia as escadas para «subir» e para «descer» — é melhor voltar a descer. Mas veja lá que eu não o volte a apanhar outra vez a fazer essas gracinhas.

— Muito obrigado — disse Paddington, agradecido, passando por baixo da corrente. — É muito amável da sua parte, sem dúvida. — Voltou-se para acenar um adeus, mas antes que tivesse tido tempo de erguer o chapéu, sentiu-se de novo lançado para as profundidades do metropolitano.

A meio da descida, ia ele a observar com muito interesse os cartazes de cores vivas afixados nas paredes, quando o homem que seguia atrás dele lhe tocou insistentemente com o chapéu de chuva.
— Está ali alguém a chamá-lo — disse ele.

Paddington olhou em redor e foi mesmo a tempo de ver Mrs. Brown e Judy, que passaram por ele, no sentido ascendente. Acenaram freneticamente e Mrs. Brown gritou «Parem!» várias vezes.

Paddington voltou-se e tentou correr pela escada acima, mas esta ia a grande velocidade e, com as suas pernas curtas, já era uma grande coisa ele conseguir manter-se de pé. Estava com a cabeça baixa e quando reparou num homem gordo com uma pasta que ia a correr na direção oposta, era demasiado tarde.

Ouviu-se um rugido de fúria do homem gordo e este caiu, arrastando consigo mais uma data de pessoas. Paddington sentiu que ele próprio estava a cair. Foi pela escada abaixo bump, bump, bump, até ao fundo, onde foi projetado contra a parede, o que o fez parar.

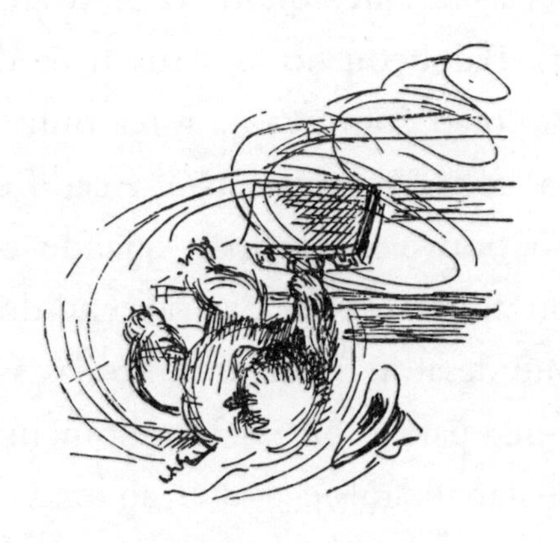

Quando olhou à sua volta, tudo lhe pareceu muito confuso. Havia um grupo de pessoas em volta do homem gordo, que estava sentado no chão, a esfregar a cabeça. À distância, avistou Mrs. Brown e Judy, que tentavam abrir caminho descendo a escada que subia. Foi ao observar os seus esforços que ele reparou num outro aviso. Estava numa caixa de latão ao fundo da escada e dizia, em grandes letras vermelhas: PARA PARAR A ESCADA EM CASO DE EMERGÊNCIA, PRIMA O BOTÃO.

Dizia também, em letras muito mais pequenas, «Multa por uso indevido — 50 libras». Mas, na sua pressa, Paddington não reparou nessas. De qualquer modo, parecia-lhe que aquilo era efetivamente uma emergência. Balouçou no ar a sua mala de viagem e bateu no botão com quanta força tinha.

Se havia confusão quando a escada estava em movimento, houve muito mais quando esta parou. Paddington ficou a olhar, surpreendido, quando toda a gente desatou a correr em todas as direções, gritando umas para as outras. Um homem começou mesmo a gritar «Fogo!» e algures, ao longe, começou a soar uma campainha.

Estava ele a pensar como é que era possível que premir um botão tão pequeno pudesse causar uma tão grande excitação, quando uma mão pesada se abateu sobre o seu ombro.

— É ele! — gritou alguém, apontando-lhe um dedo acusador. — Vi-o com os meus próprios olhos. Com estes que tenho na cara!

— Bateu-lhe com a mala de viagem — gritou outra voz. — Isto não devia ser permitido! — Enquanto que lá mais para trás alguém de entre a multidão sugeria que se chamasse a polícia.

Paddington começou a ter medo. Voltou-se e olhou para o proprietário daquela mão.

— Ah — disse uma voz zangada. — É você outra vez. Eu devia ter adivinhado. — O inspetor puxou de um bloco. — Nome, se faz favor.

— Aam... Paddington — disse Paddington.

— Perguntei-lhe qual é o seu nome, não lhe perguntei para onde quer ir — repetiu o inspetor.

— Exatamente — respondeu Paddington. — É o meu nome.

— *Paddington!* — exclamou o inspetor, sem poder acreditar no que ouvia. — Não pode ser. Isso é o nome de uma estação. Nunca ouvi falar num urso que se chamasse Paddington.

— É muito invulgar — disse Paddington. — Mas é Paddington Brown e vivo no número trinta e dois de Windsor Gardens. E perdi-me da Mrs. Brown e da Judy.

— Ah! — O inspetor escreveu qualquer coisa no bloco. — Posso ver o seu bilhete?

— Aam... eu tinha-o aqui — disse Paddington. — Mas agora não o vejo.

O inspetor recomeçou a escrever. — Brincar na escada rolante. Viajar sem bilhete. *Parar* a escada rolante. Temos aqui uma data de transgressões graves. — Levantou os olhos. — O que é que me diz a respeito disto tudo, meu jovem amigo?

— Bem... aam... — Paddington agitou-se pouco à vontade e fitou as patas.

— Já procurou dentro do chapéu? — perguntou o inspetor, relativamente amável. — As pessoas guardam muitas vezes aí o bilhete.

Paddington deu um salto, aliviado. — Eu bem sabia que o tinha nalgum sítio — disse, agradecido, entregando o bilhete ao inspetor.

O inspetor devolveu-lho rapidamente. O interior do chapéu de Paddington era um lugar bastante pegajoso.

— Nunca vi ninguém levar tanto tempo para não ir a parte alguma — disse ele, olhando severamente para Paddington. — Costuma viajar muito de metro?

— É a primeira vez — disse Paddington.

— E a última, se isso depender de mim — disse Mrs. Brown, abrindo caminho por entre a multidão.

— Este urso é seu, minha senhora? — perguntou o inspetor. — Porque se é, tenho o dever de a informar que ele está metido em graves problemas. — Começou a ler do livro de notas. — Tanto quanto me foi dado observar, ele quebrou duas normas importantes — mas provavelmente serão mais. Vou ter de o deter.

— Oh, meu Deus. — Mrs. Brown agarrou-se a Judy, à procura de apoio. — Tem *mesmo* de ser? Ele é muito pequeno e é a primeira vez que vem a Londres. Tenho a certeza de que não o voltará a fazer.

— A ignorância da lei não é desculpa — disse o inspetor, ameaçadoramente. — Pelo menos no tribunal! As pessoas têm de se comportar de acordo com as leis. É obrigatório.

— No tribunal! — Mrs. Brown passou a mão nervosamente pela testa. A palavra tribunal sempre a havia perturbado. Teve imediatamente visões de Paddington a ser levado, algemado, depois interrogado e sujeito a uma quantidade de coisas horríveis.

Judy pegou na pata de Paddington e apertou-a, tranquilizando-o. Paddington olhou para ela, agradecido. Ele não sabia bem do que é que eles estavam a falar, mas nada daquilo lhe parecia coisa boa.

— Disse que as *pessoas* têm de se comportar de acordo com as leis? — perguntou Judy, com firmeza.

— É verdade — começou o inspetor. — E eu tenho o dever de fazer o mesmo, como toda a gente.

— Mas não diz nada acerca dos ursos? — perguntou Judy, com um ar inocente.

— Bem. — O inspetor coçou a cabeça. — Pelo menos não está discriminado. — Olhou para Judy, depois para Paddington e por fim para as pessoas que os rodeavam. A escada rolante recomeçara a funcionar e a multidão de espetadores tinha dispersado. — Isto é tudo muito irregular — disse ele. — Mas...

— Ah, obrigada — disse Judy. — Eu acho que o senhor é o homem mais simpático que eu jamais conheci! Não achas, Paddington? — Paddington assentiu energicamente com a cabeça e o inspetor corou.

— Daqui para o futuro viajarei sempre neste metropolitano — disse Paddington, amavelmente. — Estou certo de que é o melhor de Londres.

O inspetor abriu a boca e pareceu ir dizer qualquer coisa, mas voltou a fechá-la.

— Vamos, meninos — disse Mrs. Brown à pressa. — Se não nos despacharmos, nunca mais conseguimos fazer as compras todas.

Algures, lá em cima, soaram latidos de vários cães. O inspetor suspirou. — Não compreendo nada — disse ele. — Isto costumava ser uma estação tão bem governada, tão respeitável. Agora, é o que se vê!

Ficou a olhar para as figuras de Mrs. Brown e de Judy, com Paddington atrás delas, enquanto se afastavam, e esfregou os olhos. — Que engraçado — disse ele, falando com os seus botões. — Devo estar com alucinações. Era capaz de jurar que o urso tinha um bocado de *bacon* a sair da mala! — Encolheu os ombros. Tinha coisas mais importantes com que se preocupar. A avaliar pelo barulho que vinha do cimo da escada rolante, estava a decorrer uma qualquer luta de cães. Tinha de ir investigar.

Capítulo Quatro

Uma Excursão de Compras

O EMPREGADO DA secção de roupa para homem do Barkridges segurou no chapéu de Paddington com dois dedos, o mais à distância que o comprimento do braço lho permitia. Olhou para ele com uma expressão de repulsa.

— Suponho que o jovem... aam, cavalheiro, não vai precisar mais disto, minha senhora? — disse ele.

— Vou precisar, vou — respondeu Paddington com firmeza. — Sempre tive esse chapéu — desde pequeno.

— Mas não gostavas de ter um novo, bonito, Paddington — disse Mrs. Brown apressadamente —, *melhor*?

Paddington refletiu durante um momento. — Posso levar um *pior*, se fizer gosto nisso — respondeu. — *Este* é o meu melhor!

O vendedor encolheu os ombros, displicentemente e, evitando o seu olhar, colocou o objeto ofensivo na outra ponta do balcão.

— Albert! — gritou para um jovem que andava por ali. — Vê o que é que temos na medida 4 ⅞. — Albert começou a procurar debaixo do balcão.

— Entretanto — disse Mrs. Brown —, gostávamos de ver um bom casaco, bem quente, para o inverno. Pensei numa coisa tipo canadiana, com alamares, para ele abotoar facilmente. E queríamos também uma gabardina de plástico para o verão.

O vendedor olhou para ela com um ar altivo. Ele não gostava especialmente de ursos e este, em particular, tinha estado a lançar-lhe uns olhares de esguelha desde que ele havia referido aquele chapéu asqueroso. — A senhora já visitou a nossa secção de saldos? — começou ele. — Talvez haja alguma coisa dos Excedentes do Exército...

— Não, não visitei — atalhou Mrs. Brown, irritada. — Francamente, Excedentes do Exército! Nunca ouvi falar de tal coisa — e tu, Paddington?

— Não — respondeu Paddington, que não fazia a mais pequena ideia do que significava Excedentes do Exército. — *Nunca!* — Ele olhou fixamente para o homem, que desviou os olhos, incomodado. Paddington conseguia ter um olhar muito incisivo, quando se decidia a usá-lo. Era um olhar poderoso. Aquele que a tia Lucy lhe ensinara e que ele reservava para ocasiões especiais.

Mrs. Brown apontou para um casaco tipo canadiana, muito elegante, azul, com forro vermelho. — Acho que é aquilo mesmo — disse ela.

O empregado engoliu em seco. — Sim, minha senhora. Com certeza, minha senhora. — Dirigiu-se a Paddington. — Por aqui, senhor, faz favor.

Paddington seguiu o empregado, mantendo-se a uns setenta centímetros dele e fitando-o insistentemente. A parte de trás do pescoço do homem começou a enrubescer e ele alargou nervosamente o colarinho. Quando passaram pelo balcão dos chapéus, Albert, que vivia num terror constante do seu superior, e que estivera a assistir à conversa, de boca aberta, fez sinal a Paddington erguendo o polegar. Paddington acenou-lhe com a pata. Estava a ficar satisfeito consigo próprio.

Permitiu que o vendedor o ajudasse a vestir o casaco e depois ficou a admirar-se no espelho. Era a primeira vez que ele tinha um casaco. No Peru fazia muito calor e, apesar de a tia Lucy o obrigar a usar chapéu para evitar os golpes de sol, estava sempre demasiado calor para qualquer tipo de casaco. Contemplou-se no espelho e ficou surpreendido por ver não um, mas uma longa fila de ursos, que se estendia até perder de vista. Na realidade, para onde quer que ele se voltasse, só via ursos e todos eles com um aspeto extremamente elegante.

— O capuz não está um pouco grande? — perguntou Mrs. Brown, preocupada.

— Os capuzes usam-se grandes, este ano, minha senhora — disse o vendedor. — É a última moda. — Ia acrescentar que, de qualquer forma, Paddington parecia ter uma cabeça bastante grande, mas mudou de opinião. Os ursos são muito imprevisíveis. Nunca se sabe em que é que estão a pensar e este, em particular, parecia ter ideias muito próprias.

— E *tu*, gostas, Paddington? — perguntou Mrs. Brown.

Paddington desistiu de contar ursos no espelho e voltou-se para se ver por detrás. — Acho que é o casaco mais bonito que já vi — disse, após um momento de reflexão. Mrs. Brown e o vendedor suspiraram de alívio.

— Ótimo — disse Mrs. Brown. — Está decidido, então. Agora só falta o chapéu e uma capa de plástico.

Ela dirigiu-se ao balcão dos chapéus, onde Albert, que não conseguia despregar de Paddington o seu olhar de profunda admiração, tinha exposto uma enorme pilha de chapéus. Havia chapéus de coco, chapéus de palha, chapéus de feltro, bonés e até mesmo um pequeno chapéu alto. Mrs. Brown examinou-os, indecisa. — É difícil — disse ela, olhando para Paddington. — Basicamente o problema está nas orelhas. Ficam de fora.

— Podem cortar-se uns buracos para elas entrarem — sugeriu Albert.

O vendedor congelou-o com um olhar. — Cortar buracos num chapéu Barkridges! — exclamou ele. — Nunca ouvi falar em tal coisa.

Paddington voltou-se e olhou para ele. — Eu... aam.... — A voz do vendedor enfraqueceu. — Vou buscar a minha tesoura — disse, num tom controlado.

— Não creio que seja necessário — atalhou Mrs. Brown, apressadamente. — Ele não vai trabalhar para a baixa, nem nada disso, portanto não precisa de um chapéu tão elegante. Acho aquele gorro de lã muito bonito. Aquele com um pompom em cima. O verde liga bem com o casaco novo e dá de si de modo a cobrir as orelhas quando estiver frio.

Todos concordaram que Paddington estava muito elegante e, enquanto Mrs. Brown procurava uma capa de plástico, ele aproveitou para ir mais uma vez admirar-se no espelho. Achou que o gorro dava muito mau jeito para cumprimentar porque era difícil de o levantar por causa das orelhas. Mas, se puxasse pelo pompom, conseguia esticá-lo um bom bocado, o que servia para o efeito. Tinha ainda a vantagem de lhe permitir ser educado sem apanhar frio nas orelhas.

O vendedor queria embrulhar a canadiana, mas após uma grande confusão, acabaram por concordar que, apesar de o dia estar quente, era melhor levá-la vestida. Paddington estava todo vaidoso e ansiava por ver se as outras pessoas reparavam nele.

Depois de apertar a mão a Albert, Paddington dirigiu ao vendedor um olhar insistente e frio, que fez o desgraçado do homem deixar-se cair numa cadeira e começar a esfregar a testa, enquanto Mrs. Brown se dirigia para a porta.

Barkridges era um grande armazém e tinha mesmo uma escada rolante, para além de vários elevadores. Mrs. Brown hesitou em frente da escada e depois, agarrando firmemente na pata de Paddington, conduziu-o para o elevador. Já tinha dose de escadas rolantes suficiente para um dia.

Mas, para Paddington, tudo era novidade, ou quase tudo, e ele gostava de experimentar coisas diferentes. Passados uns segundos estava perfeitamente convencido de que preferia as escadas rolantes. Eram agradáveis e suaves. Mas os elevadores! Para começar, estava cheio de pessoas com embrulhos enormes e todas tão apressadas que não se davam ao trabalho de reparar num pequeno urso — uma mulher chegou mesmo ao ponto de pousar o saco de compras em cima da cabeça dele e ficou muito espantada quando ele retirou a cabeça. Depois, de repente, teve a sensação de que metade dele caía, enquanto a outra metade se mantinha no mesmo lugar. Quando começava a habituar-se a essa sensação, a segunda metade voltou a reunir-se com a primeira, chegando mesmo a ultrapassá-la antes que as portas se abrissem. Isto aconteceu quatro vezes, na descida, e Paddington ficou contente quando ouviu o ascensorista anunciar que aquele era o rés do chão e Mrs. Brown o levou para fora.

Ela olhou fixamente para ele. — Oh, Paddington, querido, estás tão pálido — disse ela. — Sentes-te bem?

— Estou enjoado — respondeu Paddington. — Não gosto de elevadores. E tomara não ter comido tudo aquilo ao pequeno-almoço!

— Oh, meu Deus! — Mrs. Brown olhou em redor. Não via em parte alguma Judy, que tinha aproveitado para ir fazer algumas compras para ela.

— Achas que ficas bem aqui sentado, só uns minutos, enquanto eu vou à procura da Judy? — perguntou ela.

Paddington deixou-se cair, com ar abatido, em cima da mala. Até o pompom do seu gorro parecia murcho.

— Não sei se vou ficar bem — respondeu. — Mas vou fazer os possíveis.

— Vou-me despachar o mais rapidamente possível — disse Mrs. Brown. — Depois apanhamos um táxi para ir para casa, almoçar.

Paddington gemeu. — Pobre Paddington — disse Mrs. Brown —, deves estar a sentir-te mesmo mal, para nem quereres almoçar. — Ao ouvir de novo a palavra almoçar, Paddington fechou os olhos e gemeu ainda mais profundamente. Mrs. Brown afastou-se em pontas de pés.

Paddington manteve os olhos fechados durante alguns minutos e depois, à medida que começou a sentir-se melhor, começou a aperceber-se de que de vez em quando uma agradável aragem fresca lhe soprava sobre a cara. Abriu cuidadosamente um olho para ver de onde vinha e reparou pela primeira vez que estava sentado muito perto da entrada principal da loja. Abriu o outro olho e decidiu investigar. Se ele se mantivesse mesmo ao pé da porta de vidro, conseguiria avistar Mrs. Brown e Judy quando estas se aproximassem.

E então, quando ele se baixou para pegar na mala, fez-se uma total escuridão. — Meu Deus — pensou Paddington —, agora apagaram-se as luzes todas.

Começou a procurar o caminho em direção da porta, estendendo as patas à sua frente. Empurrou no ponto em que supôs que ela se encontrava, mas não aconteceu nada. Tentou avançar um pouco ao longo da parede e empurrou de novo. Desta vez, mexeu-se. A porta parecia ter uma mola muito forte e ele teve de empurrar com muita força para a abrir, mas por fim conseguiu abrir uma fenda que dava para ele passar. Imediatamente ouviu a porta fechar-se atrás dele e Paddington ficou desiludido por ver que afinal estava tão escuro no exterior como no interior da loja. Estava já a desejar não ter saído de onde estava. Deu meia-volta para tentar encontrar a porta, mas parecia que esta tinha desaparecido.

Decidiu que seria talvez mais fácil se se pusesse a quatro patas e rastejasse. Avançou assim durante um pouquinho, até que a cabeça embateu contra qualquer coisa dura. Tentou empurrá-la para o lado com a pata e sentiu que a coisa se deslocava ligeiramente, portanto empurrou com mais força.

Subitamente, ouviu-se um estampido como de um trovão e, antes que ele tivesse percebido onde é que se encontrava, uma montanha de coisas começou a cair em cima dele. Era como se o próprio céu estivesse a cair. Ficou tudo em silêncio e ele deixou-se ficar imóvel durante alguns minutos, com os olhos muito fechados, mal se atrevendo a respirar. Ouvia vozes vindas de muito longe e uma vez ou duas pareceu-lhe ouvir como se alguém estivesse a bater numa janela. Abriu cuidadosamente um olho e ficou surpreendido por ver que, finalmente, a luz tinha voltado. Até que enfim... Envergonhado, afastou da cabeça o capuz da canadiana. Afinal não tinha saído! O capuz devia ter escorregado para cima da cara quando ele se baixara para apanhar a mala.

Paddington sentou-se e olhou em volta, para ver onde estava. Sentia-se agora muito melhor. Para

seu espanto, viu que estava sentado numa pequena divisão no meio da qual havia uma grande pilha de latas, tigelas e taças. Esfregou os olhos e olhou em volta, espantado com o que via.

Atrás dele, havia uma parede com uma porta, e na sua frente uma grande montra. No outro lado da montra, havia uma multidão de gente que se empurrava e apontava na sua direção. Paddington concluiu, com satisfação, que estariam a apontar para ele. Levantou-se com dificuldade porque era difícil equilibrar-se no cimo de um monte de latas, e puxou o pompom do gorro o mais que conseguiu. Da multidão elevou-se uma exclamação. Paddington fez uma vénia, acenou diversas vezes, e depois começou a observar os estragos que o rodeavam.

Durante um momento, não teve bem a certeza de onde se encontrava, depois lembrou-se. Em vez de ter saído para a rua, tinha aberto uma porta que dava para uma das montras da loja!

Paddington era um urso muito observador e desde que chegara a Londres que tinha reparado naquelas montras. Eram muito interessantes. Havia sempre tantas coisas lá dentro dignas de serem observadas. Uma vez tinha visto um homem que estava a trabalhar no interior de uma, colocando em pilha latas e caixas, em cima umas das outras, para fazer uma pirâmide. Lembrava-se de ter pensado na altura que ali estava um trabalho bem interessante para se ter.

Olhou preocupado à sua volta. — Meu Deus — disse ele, falando para o mundo em geral —, estou de novo metido em sarilhos. — Se tinha sido ele que atirara todas aquelas coisas abaixo, como pensava que tinha acontecido, alguém havia de estar muito zangado. As pessoas não lidavam muito bem com as explicações que se lhes davam e ia ser muito difícil explicar como é que o capuz da canadiana lhe tinha caído para a cara.

Baixou-se e começou a apanhar as coisas. Havia algumas prateleiras de vidro no chão, no lugar onde tinham caído. Dentro da montra estava a ficar muito calor e ele tirou o casaco e pendurou-o cuidadosamente num prego. Depois pegou numa das prateleiras de vidro e procurou equilibrá-la em cima de umas latas. Pareceu-lhe que funcionava, portanto, pôs mais latas e uma tigela por cima daquilo tudo. Estava um bocado oscilante, mas... recuou um pouco para observar o resultado... sim, parecia estar bastante bem. Lá fora, soou uma salva encorajadora de aplausos. Paddington acenou com uma pata para a multidão e pegou numa nova prateleira.

Dentro da loja, Mrs. Brown estava a manter uma conversa muito séria com o detetive da loja.

— Diz a senhora que o deixou neste sítio? — perguntava o detetive.

— Exatamente — disse Mrs. Brown. — Ele estava a sentir-se maldisposto e eu disse-lhe que não se afastasse daqui. Ele chama-se Paddington.

— Paddington. — O detetive tomou nota cuidadosamente no seu bloco. — Que tipo de urso é ele?

— Bem, é assim mais ou menos dourado — disse Mrs. Brown. — Tinha vestida uma canadiana azul e trazia uma mala de viagem.

— E tem orelhas pretas — disse Judy. — Não dá para confundir.

— Orelhas pretas — repetiu o detetive, humedecendo o bico do lápis.

— Não creio que isso ajude muito — disse Mrs. Brown. — Ele tinha o gorro posto.

O detetive levou a mão em concha ao ouvido. — Tinha *o quê*? — gritou ele. Na realidade havia um barulho insuportável vindo de um local indeterminado. E parecia crescer a cada minuto. De vez em quando, ouvia-se uma salva de palmas e muitas vezes ouviu-se nitidamente o som de multidão a aplaudir.

— O *gorro* — gritou Mrs. Brown, em resposta. — Um gorro verde, de lã, que lhe cobre as orelhas. Com um pompom.

O detetive fechou o bloco de notas com um estalido. O barulho lá fora estava cada vez pior. — Desculpem-me — disse ele, preocupado. — Passa-se ali qualquer coisa que tem de ser investigada.

Mrs. Brown e Judy trocaram olhares. O mesmo pensamento atravessou as cabeças de ambas. Disseram em uníssono: — Paddington! — E correram atrás do detetive. Mrs. Brown agarrou-se ao casaco do detetive e Judy ao de Mrs. Brown, enquanto abriam caminho entre a multidão reunida no passeio. Estavam precisamente a chegar em frente da montra quando um aplauso grandioso ecoou.

— Eu devia ter imaginado isto — disse Mrs. Brown.

— Paddington! — exclamou Judy.

Paddington estava precisamente a chegar ao topo da pirâmide. Pelo menos começara por ser uma pirâmide, mas já não era. Não tinha nenhum formato específico e era muito instável. Tendo acabado de colocar a última lata no topo, Paddington estava em apuros. Queria descer, mas não tinha como. Estendeu uma pata e a montanha começou a oscilar. Paddington agarrou-se desesperadamente às latas, balouçando para a frente e para trás, observado por uma assistência fascinada. E depois, sem aviso prévio, todo o conjunto foi abaixo, só que desta vez Paddington estava no topo e não por baixo. Da multidão elevou-se um lamento de desilusão.

— A melhor coisa que vi nestes últimos anos — disse um homem para Mrs. Brown. — Raios me partam se eu percebo onde é que eles vão inventar estas coisas.

— Vai fazer outra vez, mamã? — perguntava um rapazinho.

— Acho que não, querido — respondeu a mãe. — Acho que por hoje é tudo. — Apontou para a montra de onde o detetive afastava um Paddington com cara de pena. Mrs. Brown apressou-se a voltar ao interior, seguida por Judy.

Dentro da loja, o detetive olhava para Paddington e comparava com as notas no bloco. — Canadiana azul — disse ele. — Gorro verde de lã! — Tirou o gorro — Orelhas pretas! Eu sei quem tu és — disse, ameaçador —, és o Paddington!

Paddington quase caiu ao chão com o espanto.

— Como é que sabia? — perguntou.

— Sou detetive — respondeu o homem. — É o meu trabalho saber estas coisas. Andamos sempre à procura de criminosos.

— Mas eu não sou um criminoso — disse Paddington, indignado. — Sou um urso! Para além disso, estava apenas a tentar arranjar a montra...

— Arranjar a montra — atirou o detetive. — Não sei o que terá Mr. Perkins a dizer a isso. Ele acabou de a arranjar esta manhã.

Paddington olhou em volta, assustado. Via Mrs. Brown e Judy aproximarem-se a grandes passos. Na realidade, havia muita gente a dirigir-se para ele, incluindo um homem com um ar importante, de casaco preto e calças de riscas. Chegaram todos ao pé dele ao mesmo tempo e começaram todos a falar em uníssono.

Paddington sentou-se em cima da mala e ficou a olhar para eles. Havia alturas em que o melhor que se pode fazer é ficar calado e aquela era uma delas. No fim, foi o homem com ar importante que ganhou, porque ele conseguia falar mais alto e continuar a falar quando todas as outras pessoas se tinham já calado.

Para surpresa de Paddington, o homem baixou-se, pegou-lhe na pata e apertou-a com tanta força que ele pensou que lha ia arrancar.

— Tenho muito prazer em conhecê-lo, urso — bramiu ele. — Muito prazer em conhecê-lo. E os meus parabéns.

— Tudo bem — disse Paddington, sem saber o que se passava. Não fazia ideia porquê, mas o homem parecia extremamente satisfeito.

O homem voltou-se para Mrs. Brown. — Disse que o nome dele é Paddington?

— Exatamente — respondeu Mrs. Brown. — E tenho a certeza de que ele não fez por mal.

— Mal? — O homem olhou para Mrs. Brown, espantado. — Disse mal? Minha querida senhora, devido à ação deste urso conseguimos ter a maior enchente desde há anos. Os nossos telefones não param de tocar. — Fez um gesto indicando a porta da loja. — E continuam a entrar!

Pousou a mão na cabeça de Paddington. — Barkridges — disse ele —, Barkridges está grato! — Com a outra mão fez um gesto a pedir silêncio. — Gostávamos de provar a nossa gratidão. Se houver alguma coisa... seja o que for, na loja, de que goste...

Os olhos de Paddington brilharam. Ele sabia exatamente o que é que queria. Tinha-o visto quando iam a subir para a secção de roupa. Estava lá, isolado, em destaque em cima do balcão, na secção de alimentação. O maior que ele já vira. Quase do seu próprio tamanho.

— Por favor — disse ele. — Gostava de um daqueles boiões de compota. Um dos grandes.

Se o gerente do Barkridges ficou surpreendido, não o manifestou. Manteve-se respeitosamente ao lado da porta do elevador, dando-lhes passagem.

— Será então um boião de compota — disse ele, premindo o botão.

— Eu acho — disse Paddington — que, se não se importar, prefiro ir pelas escadas.

Capítulo Cinco

PADDINGTON E O «VELHO MESTRE»

DENTRO DE POUCO TEMPO, Paddington assentou e tornou-se um membro da família. Com efeito, tornara-se já difícil imaginar o que tinha sido a vida sem ele. Ele soube tornar-se útil em casa e os dias passavam rapidamente. Os Browns viviam perto de Portobello Road, onde havia um grande mercado e era frequente, quando Mrs. Brown estava ocupada, deixá-lo ir às compras sozinho. Mr. Brown fez-lhe um carro de compras — um antigo cesto a que acrescentou rodas e uma pega para o conduzir.

Paddington era bom a fazer compras e em breve era já conhecido de todos os vendedores do mercado. Era muito atento e levava muito a sério a tarefa de fazer as compras. Apertava cada fruto para ver se tinha o grau de firmeza ideal, como Mrs. Bird lhe havia ensinado, e andava sempre à procura das pechinchas. Era um urso muito popular entre os vendedores e muitos deles preocupavam-se em reservar as coisas melhores para ele.

— Este urso consegue fazer render dez cêntimos mais do que qualquer outra pessoa — disse Mrs. Bird. — Não sei como é que ele consegue, palavra que não sei. Deve ser o forreta que existe dentro dele.

— Eu não sou forreta — respondeu Paddington, indignado. — Sou cuidadoso, é tudo.

— Seja lá o que for — replicou Mrs. Bird —, vales o teu peso em ouro.

Paddington levou esta afirmação muito a sério e passou imenso tempo a pesar-se na balança da casa de banho. Por fim, decidiu consultar o seu amigo, Mr. Gruber, acerca do assunto.

Paddington passava uma parte considerável do seu tempo a ver montras e de todas as montras de Portobello Road, a melhor era a de Mr. Gruber. Em primeiro lugar, porque era confortável e baixa, portanto ele podia olhar à vontade, sem se pôr em bicos de pés, e depois porque estava cheia de coisas interessantes. Velhas peças de mobiliário, medalhas, caçarolas e frigideiras, quadros; estava tão cheia que era difícil entrar na loja, e o velho Mr. Gruber passava muito do seu tempo sentado numa cadeira, no passeio. Mr. Gruber, por sua vez, achava Paddington muito interessante e em breve se haviam tornado grandes amigos. Paddington parava ali muitas vezes ao regressar a casa, vindo das compras, e passavam horas a conversar sobre a América do Sul, onde Mr. Gruber tinha estado quando era miúdo. Mr. Gruber tomava habitualmente uma chávena de cacau com um pãozinho doce, aquilo a que ele chamava o seu «chá das onze», e criara o hábito de o partilhar com Paddington. — Não há nada como uma boa conversa enquanto se toma uma chávena de cacau com pãezinhos doces — costumava ele dizer e Paddington, que apreciava as três coisas, concordava com ele, apesar de o cacau ter o pequeno problema de dar uma cor esquisita aos seus bigodes.

Paddington tinha um grande interesse por tudo quanto brilhava e, uma manhã, consultou Mr. Gruber acerca dos seus centavos peruanos. Bem no fundo da sua cabeça, instalara-se a ideia de que se valessem uma data de dinheiro, talvez ele pudesse vendê-los e comprar um presente para os Browns. Era simpático Mr. Brown dar-lhe uma libra por semana como dinheiro de bolso, mas depois de ter comprado alguns pãezinhos doces num sábado de manhã, não ficou quase nada. Após muita reflexão, Mr. Gruber aconselhara Paddington a guardar as moedas. — Nem sempre são as coisas mais brilhantes que valem mais dinheiro, Mr. Brown — dissera ele. Mr. Gruber tratava sempre Paddington por "Mr. Brown", o que o fazia sentir-se muito importante.

Tinha levado Paddington para as traseiras da loja, onde tinha a sua secretária, e tirara de uma das gavetas uma caixa de cartão cheia de moedas antigas. Estavam bastante sujas e eram dececionantes. — Está a ver estas, Mr. Brown? — dissera ele. — Chamam-se soberanos. Assim, olhando para elas, não se diria que são muito valiosas, mas são. São feitas de ouro e valem cinquenta libras cada. O que dá para cima de cem libras cada trinta gramas. Se alguma vez encontrar algumas destas, traga-mas.

Um dia, depois de se ter pesado cuidadosamente na balança, Paddington correu à loja de Mr. Gruber, levando uma folha do seu bloco, coberta de misteriosos cálculos. Depois de uma lauta refeição, num domingo, Paddington descobrira que pesava quase sete quilos e meio. O que significava... olhou de novo para o papel ao aproximar-se da loja de Mr. Gruber... que ele valia quase vinte e seis mil libras!

Mr. Gruber ouviu atentamente tudo o que Paddington tinha para lhe dizer e depois semicerrou os olhos e refletiu durante um momento. Era um homem amável e não queria desiludir Paddington.

— Não tenho qualquer dúvida — disse por fim — que o senhor *vale* isso. É obviamente um jovem urso muito valioso. Eu sei-o. Mr. e Mrs. Brown sabem-no. Mrs. Bird sabe-o. Mas será que as outras pessoas o sabem?

Olhou para Paddington por cima dos óculos.

— As coisas nem sempre são aquilo que parecem, neste mundo, Mr. Brown — disse melancolicamente.

Paddington suspirou. Estava muito desiludido.
— Bem gostava que fosse — respondeu. — Seria muito bom.

— Talvez — disse Mr. Gruber, misteriosamente. — Talvez. Mas nesse caso, não teríamos surpresas agradáveis, pois não?

Conduziu Paddington para a loja e depois de o convidar a sentar, desapareceu por um momento. Quando regressou, trazia um quadro grande que representava um barco. Pelo menos metade era um barco. A outra metade parecia o retrato de uma senhora com um grande chapéu.

— Aqui tem — disse ele, orgulhoso. — É a isto que me refiro quando digo que as coisas nem sempre são aquilo que parecem. Gostaria da sua opinião sobre este quadro, Mr. Brown.

Paddington sentiu-se lisonjeado, mas também confuso. O quadro não lhe parecia ser nem uma coisa nem outra, e foi o que ele respondeu.

— Ah! — exclamou Mr. Gruber, deliciado. — Neste momento, não é. Mas espere até eu o ter acabado de limpar! Dei cinquenta cêntimos por esse quadro, há muitos anos, quando não passava de uma pintura de um veleiro. E o que é que lhe parece? Quando comecei a limpá-lo, um dia destes, a tinta começou a cair e descobri que por baixo havia outra pintura. — Olhou em redor e baixou o tom de voz. — Ninguém mais sabe disto — sussurrou —, mas eu creio que a pintura que está por baixo pode ser valiosa. Pode ser da autoria do que eles chamam um «velho mestre».

Vendo que Paddington continuava confuso, ele explicou-lhe que antigamente, quando os artistas tinham falta de dinheiro e não podiam comprar telas para pintar, por vezes pintavam por cima de antigos quadros. E por vezes, muito raramente, pintavam por cima de quadros de artistas que viriam mais tarde a ser famosos e cujas pinturas vinham a valer muito dinheiro. Mas como alguém tinha pintado por cima delas, ninguém sabia que existiam.

— Isso parece-me tudo muito complicado — disse Paddington, pensativo.

Mr. Gruber falou durante muito tempo sobre pintura, que era um dos seus temas preferidos. Mas Paddington, apesar de normalmente se interessar por tudo o que Mr. Gruber lhe dizia, quase não ouviu nada. Por fim, recusando a oferta de Mr. Gruber de uma segunda chávena de cacau, desceu da cadeira e dirigiu-se para casa. Cumprimentou erguendo o chapéu automaticamente a todas as pessoas que o saudaram pelo caminho, mas a expressão dos seus olhos era distante. Nem mesmo pareceu notar o cheiro dos pãezinhos doces que saía da padaria. Paddington estava a ter uma ideia.

Quando chegou a casa, subiu para o seu quarto e deitou-se em cima da cama, onde ficou por um bom bocado, a olhar para o teto. Ficou lá tanto tempo que Mrs. Bird começou a ficar preocupada e foi espreitar à porta, para saber se ele estava bem.

— Bastante bem, obrigado — respondeu Paddington, com um ar distante. — Estou só a pensar.

Mrs. Bird fechou a porta e correu pela escada abaixo para avisar os outros. A notícia teve um acolhimento dúbio. — Não me importo que ele esteja *apenas* a pensar — disse Mrs. Brown, com uma expressão preocupada no rosto. — Os problemas começam é quando ele começa a pensar *em* qualquer coisa específica.

Mas ela estava a meio das suas tarefas domésticas e em breve esqueceu o assunto. O facto é que tanto ela como Mrs. Bird estavam demasiado ocupadas para repararem na pequena figura de um urso que, passados alguns minutos, se escapulia cautelosamente na direção da arrecadação de Mr. Brown. Nem repararam quando ele regressou carregado com uma garrafa do decapante de tinta de Mr. Brown e uma grande pilha de trapos. Se o tivessem feito, então teriam tido um bom motivo para se preocuparem. E se Mrs. Brown o tivesse visto entrar sorrateiramente, em bicos de pés, no escritório e fechar cuidadosamente a porta atrás de si, então não teria gozado nem mais um minuto de tranquilidade.

A sorte dele foi que estava toda a gente demasiado ocupada para reparar nessas coisas. Maior

sorte ainda foi ninguém ter entrado no escritório durante um bom bocado. Porque Paddington estava metido num grande sarilho. As coisas não tinham corrido de acordo com o seu plano. Começava a desejar ter estado mais atento quando Mr. Gruber lhe falara sobre o tema da limpeza de quadros.

Para começar, apesar de ele ter utilizado meia garrafa do decapante de Mr. Brown, a tinta só tinha saído aos bocados. Em segundo lugar, o que era ainda pior, era que tinha saído nos sítios onde não havia nada por baixo. Só a tela branca. Paddington recuou e observou a sua obra. Originalmente, o quadro representara um lago, com o céu azul e vários barcos à vela matizando a água. Agora parecia uma tempestade no mar. Os barcos tinham desaparecido todos, o céu estava de uma estranha tonalidade de cinzento e metade do lago tinha desaparecido.

Ainda bem que eu encontrei esta velha caixa de tintas, pensou ele, afastando-se, segurando o pincel na mão, com o braço estendido, para avaliar a obra, tal como vira uma vez um artista a sério fazer. Segurando uma paleta na mão esquerda, espremeu tinta vermelha de um tubo e começou a misturá-la com o pincel. Olhou, nervoso, por cima do ombro e depois começou a espalhá-la na tela.

Paddington encontrara as tintas num armário por baixo das escadas. Uma caixa inteira. Tinha vermelhos, verdes, amarelos e azuis. Na realidade, havia uma variedade tão grande de cores que a dificuldade era escolher a primeira.

Limpou o pincel cuidadosamente ao chapéu e experimentou uma nova cor e depois mais uma. Era tão interessante que ele decidiu que o melhor seria experimentar um pouco de cada e em breve se esquecia do facto de que deveria estar a pintar um quadro.

Na realidade, tratava-se mais de um desenho do que de um quadro, com linhas, círculos e cruzes em várias cores. Até o próprio Paddington se assustou quando, por fim, recuou para examinar o quadro. Do original, não restava absolutamente nada. Com tristeza, voltou a guardar os tubos de tinta dentro da caixa e meteu o quadro dentro de um saco de pano, encostando-o à parede, tal como o encontrara. Decidiu, relutantemente, fazer uma nova tentativa mais tarde. Pintar era divertido enquanto durava, mas era muito mais difícil do que parecia.

Durante todo o jantar dessa noite, Paddington manteve-se muito silencioso. Tão silencioso que por diversas vezes Mrs. Brown lhe perguntou como se sentia, até que por fim Paddington pediu autorização para se levantar e foi para cima.

— Espero mesmo que ele esteja bem, Henry — disse ela, depois de Paddington ter saído. — Mal tocou no jantar, o que não é nada coisa dele. E parecia ter umas manchas vermelhas estranhas na cara.

— Fixe! — exclamou Jonathan. — Manchas vermelhas! Espero que, seja lá o que for, ele me tenha pegado para eu não ter de ir à escola!

— Também tem manchas verdes — disse Judy. — Vi algumas verdes!

— *Verdes!* — Até Mr. Brown parecia preocupado. — Será que ele apanhou alguma coisa? Se de manhã não tiverem desaparecido, mando chamar o médico.

— Ele estava tão desejoso de ir connosco à exposição de artesanato — lembrou Mrs. Brown. — É uma pena se ele tiver de ficar na cama.

— Achas que vais ganhar um prémio com o teu quadro, pai? — perguntou Jonathan.

— Ninguém ficará mais surpreendido do que o teu pai, se ganhar — respondeu Mrs. Brown. — Seria a primeira vez!

— O que é o quadro, pai? — perguntou Judy. — Não nos vais dizer?

— É uma surpresa — disse Mr. Brown. — Levou-me muito tempo a fazer. Pintei-o de memória.

Pintar era um dos *hobbies* de Mr. Brown e todos os anos ele inscrevia um quadro na feira de artesanato que decorria em Kensington, perto de onde eles viviam. Vinham várias pessoas famosas avaliar os quadros e havia vários prémios. Havia muitos outros tipos de concurso, e Mr. Brown tinha uma profunda mágoa por nunca ter ganho nada, enquanto que Mrs. Brown ganhara duas vezes um prémio na competição de tapetes.

— De qualquer modo — disse ele, encerrando o assunto —, agora já não há nada a fazer. O homem veio buscar o quadro esta tarde, portanto será o que tiver que ser.

No dia seguinte, o sol brilhava e a exposição estava cheiíssima. Toda a gente ficou feliz por Paddington ter melhorado. As manchas tinham desaparecido e ele devorou um enorme pequeno-almoço para compensar o jantar que perdera na véspera. Só Mrs. Bird ficou desconfiada, ao ver as «manchas» de Paddington na toalha, na casa de banho, mas guardou as suspeitas para si.

Os Browns ocupavam os cinco lugares do meio da fila da frente, onde a avaliação ia decorrer. Havia no ar uma grande excitação. Paddington não sabia que Mr. Brown pintava e estava ansioso por ver um quadro de uma pessoa que ele conhecia.

No estrado, alguns homens com ar importante, de barbas, agitavam as mãos no ar, enquanto falavam, entusiasmados, uns com os outros. Pareciam estar a manter uma discussão acesa relativamente a um quadro específico.

— Henry — murmurou Mrs. Brown, excitada. — Acho que estão a falar do teu. Reconheço o saco de pano.

Mr. Brown parecia espantado. — Efetivamente parece o meu saco — disse ele. — Mas acho que não pode ser. O pano estava todo colado ao quadro. Não viste? Como se alguém o tivesse metido lá dentro antes de a tinta secar. O meu já foi pintado há séculos!

Paddington mantinha-se sentado, muito sossegado e olhava em frente, mal ousando mexer-se. Sentia um estranho aperto no estômago, como se alguma coisa de terrível estivesse prestes a acontecer. Começou a desejar não ter lavado as manchas nessa manhã; então pelo menos teria ficado na cama.

Judy chamou-lhe a atenção com um toque do cotovelo. — O que é que se passa, Paddington? — perguntou ela. — Estás muito esquisito. Sentes-te bem?

— Não me sinto doente — disse Paddington num fiozinho de voz. — Mas acho que me meti em sarilhos outra vez.

— Oh, meu Deus — disse Judy. — Mantém as patas cruzadas. É agora!

Paddington endireitou-se no lugar. Um dos homens em cima do estrado, o que tinha o ar de ser mais importante e a barba maior, estava a falar. E então... os joelhos de Paddington começaram a tremer — ali, no estrado, num cavalete, à vista de todos, estava o «seu» quadro!

Ele estava tão atordoado que só conseguiu apanhar palavras soltas do que o homem estava a dizer.

— ... notável utilização da cor...

— ... muito invulgar...

— ... grande imaginação... felicitações ao artista...

E a seguir, ele quase caía da cadeira, com a surpresa.

— O vencedor do primeiro prémio é Mr. Henry Brown, morador em Windsor Gardens, n.º 32!

Paddington não era o único a estar surpreendido. Mr. Brown, que estava a ser conduzido para o estrado, parecia que tinha acabado de ser atingido por um raio. — Mas... mas... — gaguejava ele —, deve haver algum engano.

— Engano? — disse o homem da barba. — De forma alguma, meu caro senhor. O seu nome está nas costas da tela. O senhor *é* Mr. Brown, não é verdade? Mr. *Henry* Brown?

Mr. Brown olhava para o quadro sem conseguir acreditar no que os seus olhos viam. — Sim, sem dúvida que é o meu nome — disse ele. — É a minha letra... — Deixou a frase inacabada e olhou para o público. Na sua cabeça começava a tomar forma uma ideia muito concreta, mas estava a ter dificuldade em estabelecer contacto ocular com Paddington. O que acontecia com uma certa frequência nos momentos em que isso era importante.

— Eu acho — disse Mr. Brown quando os aplausos acalmaram e depois de ter aceite o cheque de dez libras que o homem lhe entregou — que, por muito que isto me orgulhe, gostaria de doar este prémio a um certo lar para ursos reformados na América do Sul. — Um murmúrio de surpresa percorreu a assistência, mas passou por cima da cabeça de Paddington, embora ele tivesse ficado muito feliz se soubesse o motivo. Ele estava a olhar fixamente para o quadro e em particular para o homem com a barba, que começava a parecer afogueado e incomodado.

— Eu acho — disse Paddington para o mundo em geral — que o podiam pelo menos ter colocado direito. Afinal não é todos os dias que um urso ganha o primeiro prémio num concurso de pintura!

Capítulo Seis

Uma Visita ao Teatro

Os Browns estavam todos muito entusiasmados. Tinham oferecido a Mr. Brown bilhetes para um camarote no teatro. Era a noite de estreia de uma peça nova, e o papel principal era interpretado pelo mundialmente famoso ator, Sir Sealy Bloom. Até Paddington estava contaminado pelo entusiasmo. Fez várias visitas ao seu amigo Mr. Gruber para que ele lhe explicasse tudo sobre o teatro. Mr. Gruber achou que ele tinha muita sorte por ir à estreia de uma nova peça. —Vai estar lá todo o tipo de gente famosa — disse ele. — Não creio que muitos ursos tenham uma tal oportunidade em toda a sua vida.

Mr. Gruber emprestou a Paddington vários livros em segunda mão sobre teatro. Ele era um leitor bastante lento, mas os livros tinham imensas imagens e, num deles, havia um modelo de um palco, em três dimensões, recortado, que saltava quando se passavam as páginas. Paddington decidiu que, quando fosse grande, queria ser ator. Pôs-se de pé em cima do toucador e ensaiou poses ao espelho, como as que vira nos livros.

Mrs. Brown tinha opiniões muito próprias acerca do assunto. — Espero que seja uma boa peça — disse ela a Mrs. Bird. — Sabe como é o Paddington... leva estas coisas todas tão a sério.

— Pois — respondeu Mrs. Bird. — *Eu* vou ficar em casa, em paz e sossego, a ouvir o meu rádio. Mas para ele vai ser uma experiência e ele gosta tanto de experiências. Para além disso, tem-se portado tão bem ultimamente.

— Pois tem — disse Mrs. Brown. — É precisamente isso que me preocupa!

Como se viria a verificar, a peça em si seria o menor motivo de preocupações para Mrs. Brown. Paddington esteve invulgarmente calmo durante todo o caminho até ao teatro. Era a primeira vez que ele saía depois de escurecer e a primeira vez que via as luzes de Londres. Mrs. Brown ia-lhe indicando todos os lugares famosos por que passavam no carro e quando, por fim, todo o bando de Browns entrou no teatro, estavam todos muito felizes.

Paddington ficou muito contente por verificar que era tudo tal como Mr. Gruber descrevera, até ao pormenor do porteiro que lhes abriu a porta e os cumprimentou quando eles entraram para o *foyer*.

Paddington correspondeu ao cumprimento com um gesto largo da pata e depois farejou. Tudo estava pintado de vermelho e dourado e em todo o teatro sentia-se um cheiro agradável, quente e acolhedor. Verificou-se uma certa agitação junto ao bengaleiro quando ele percebeu que tinha de pagar para deixar ficar a canadiana e a mala. A mulher que estava ao balcão tornou-se bastante agressiva quando Paddington pediu para ela lhe voltar a dar as suas coisas.

Continuava ainda a comentar o assunto em voz alta quando a arrumadora os conduziu ao longo de um corredor, para os seus lugares. À entrada do camarote a arrumadora deteve-se.

— Deseja o programa, senhor? — perguntou ela a Paddington.

— Sim, por favor — disse Paddington, tirando cinco. — Muito obrigado.

— E deseja café no intervalo, senhor? — perguntou ela.

Os olhos de Paddington brilharam. — Sim, sim, se faz favor — disse ele, pensando que era muito amável da parte deles. Tentou passar, mas a arrumadora impediu-o.

— São sete libras e cinquenta cêntimos — disse ela. — Uma libra por cada programa e cinquenta cêntimos por cada café.

Paddington olhou como se não fosse capaz de acreditar no que os seus ouvidos ouviam. — Sete libras e cinquenta cêntimos? — repetiu ele. — *Sete libras e cinquenta cêntimos?*

— Está tudo bem, Paddington — disse Mrs. Brown, ansiosa por evitar mais uma discussão. — Eu ofereço. Entra e senta-te.

Paddington obedeceu imediatamente, mas lançou à arrumadora um olhar muito estranho enquanto ela colocava umas almofadas para a cadeira dele na fila da frente. Mesmo assim, ficou satisfeito por verificar que ela lhe tinha dado o lugar mais próximo do palco. Ele já tinha mandado à tia Lucy um postal com um desenho muito bem feito da planta do teatro, que ele tinha descoberto num dos livros de Mr. Gruber, e com uma cruzinha no canto, que indicava «O MEU LUGAR».

O teatro estava cheio e Paddington acenou para as pessoas lá em baixo. Para grande atrapalhação de Mrs. Brown, muitas delas apontaram para ele e corresponderam ao aceno.

— Adorava que ele não fosse *tão* amistoso — murmurou ela para Mr. Brown.

— Não queres tirar agora a canadiana? — perguntou Mr. Brown. — Quando sairmos vais sentir frio.

Paddington trepou para cima da sua cadeira. — Acho que realmente é melhor — disse ele. — Está a ficar quente.

Judy começou a ajudá-lo a tirar o casaco. — Cuidado com a minha sanduíche de compota! — exclamou Paddington, quando ela o colocou no peitoril à frente dele. Mas já era demasiado tarde. Ele olhou em redor com ar culpado.

— Meu Deus! — exclamou Jonathan. — Caiu em cima da cabeça de alguém! — Espreitou por cima do parapeito do camarote. — É aquele homem careca. E parece muito zangado.

— Oh, Paddington! — Mrs. Brown olhou desesperada para ele. — Tinhas *mesmo* de trazer sanduíches de compota para o teatro?

— Não faz mal — disse Paddington, animado. — Tenho mais no outro bolso, se alguém quiser. Estão um bocado espalmadas, acho eu, porque me sentei em cima delas no carro.

— Parece-me que há um burburinho qualquer lá em baixo — disse Mr. Brown, debruçando-se sobre o parapeito para espreitar. — Um tipo qualquer acaba de me oferecer um soco. E que história é essa de sanduíches de compota? — Por vezes Mr. Brown era um bocadinho lento de entendimento.

— Não é nada, querido — disse Mrs. Brown precipitadamente. Ela decidira esquecer o assunto. Era muito mais fácil.

De qualquer modo, Paddington estava empenhado numa grande luta consigo próprio a propósito de um binóculo de teatro. Tinha visto uma caixinha à sua frente onde estava escrito ÓCULOS DE TEATRO. VINTE CÊNTIMOS. Por fim, depois de muito pensar, abriu a mala e tirou vinte cêntimos de uma divisória secreta.

— Acho que não é grande coisa — disse passado um momento, a olhar para a plateia através dele. —Vejo toda a gente mais pequena.

— Tens isso posto ao contrário, parvo — disse Jonathan.

— Mesmo assim, continuo a pensar que não é grande coisa — disse Paddington, voltando o binóculo de todos os lados. — Se soubesse, não o tinha comprado. De qualquer modo — acrescentou depois de um momento de reflexão —, pode vir a ser útil noutra ocasião.

Precisamente quando ele começara a falar, a abertura chegou ao fim e a cortina subiu. O cenário mostrava a sala de estar de uma grande casa e Sir Sealy Bloom, que interpretava o papel de um grande proprietário, dava grandes passadas de um lado para o outro. Ouviu-se uma salva de palmas vinda do público.

— Não é para levar para casa — murmurou Judy. — Quando saíres tens de o devolver.

— O QUÊ? — gritou Paddington em voz muito alta. Vários protestos se elevaram do escuro e Sir Sealy Bloom parou e olhou insistentemente na direção do camarote dos Browns. — Estás a dizer... — subitamente Paddington ficou sem palavras. — *Vinte cêntimos!* — disse ele, furioso. — É o preço de dois pãezinhos doces. — Voltou-se para ver Sir Sealy Bloom.

Sir Sealy Bloom parecia bastante irritado. Não gostava de noites de estreia e esta, em particular, tinha começado mal. Estava com um mau pressentimento. Gostava muito mais de fazer o papel do herói, que tinha sempre a simpatia do público, e nesta peça fazia o papel do mau. Sendo a noite da estreia, ele não estava ainda muito seguro das deixas. Para piorar tudo, ao chegar ao teatro descobrira que o seu «ponto» tinha faltado e não havia ninguém para o substituir. Depois tinha havido aquele burburinho na plateia antes de o pano subir. Uma coisa qualquer com sanduíches de compota, segundo o que o contrarregra tinha dito. É claro que nada disso fazia sentido, mas, de qualquer forma, era perturbador. E depois aquele camarote onde havia uma gente barulhenta. Suspirou. Ia de certeza ser uma daquelas noites para esquecer.

Mas se o coração de Sir Sealy Bloom não estava na peça, o de Paddington estava, indiscutivelmente. Esqueceu rapidamente os seus vinte cêntimos perdidos e dedicou toda a sua atenção ao enredo. Decidiu logo do princípio que não gostava de Sir Sealy Bloom e lançou-lhe o seu olhar mais duro através do binóculo. Nunca o perdeu de vista e quando, no final do primeiro ato, Sir Sealy, no papel do pai sem coração, mandou a filha para o vasto mundo, sem um cêntimo, Paddington pôs-se de pé na cadeira e acenou indignado com o programa na direção do palco.

Paddington era um urso surpreendente em muitos aspetos e tinha um forte sentido do bem e do mal. Quando a cortina desceu, ele pousou o binóculo cuidadosamente no suporte e desceu do seu lugar.

— Estás a gostar, Paddington? — perguntou Mr. Brown.

— É muito interessante — disse Paddington. Tinha um tom determinado na voz e Mrs. Brown observou-o atentamente. Já reconhecia aquele tom e achava-o preocupante.

— Onde vais, querido? — perguntou ela, ao vê-lo dirigir-se para a porta do camarote.

— Vou só dar uma volta — respondeu Paddington vagamente.

— Então não te demores muito — avisou ela, quando a porta se fechou atrás dele. — Não podes perder nada do segundo ato.

— Não te preocupes, Mary — disse Mr. Brown. — Espero que ele queira apenas esticar as pernas ou coisa assim. Se calhar foi à casa de banho.

Mas nesse momento Paddington estava a dirigir--se não para a casa de banho, mas para uma porta que levava às traseiras do teatro, onde estava escrito PRIVADO. RESERVADO AOS ARTISTAS. Quando empurrou a porta e passou para o lado de lá, descobriu de imediato que estava num mundo completamente diferente. Não havia cadeiras vermelhas estofadas de veludo; era tudo muito despido de decoração. Imensas cordas pendiam do teto, peças de cenário estavam arrumadas contra as paredes e toda a gente parecia terrivelmente apressada. Normalmente, Paddington teria um grande interesse em tudo aquilo, mas naquele momento ele tinha no rosto uma expressão absolutamente determinada.

Ao ver um homem debruçado sobre uma peça de cenário, aproximou-se dele e tocou-lhe no ombro.

— Desculpe — disse. — Pode dizer-me onde está o homem?

O assistente continuou o seu trabalho. — Homem? — perguntou. — *Que* homem?

— *O* homem — disse Paddington com toda a paciência. — O homem mau.

— Ah, está a falar de Sir Sealy? — O assistente apontou para um longo corredor. — Está no camarim dele. É melhor não o incomodar, que ele hoje não está de bom humor. — O homem levantou os olhos. — Hei! — exclamou. — Você não devia estar aqui dentro. Quem é que o deixou entrar?

Paddington estava já demasiado afastado para responder, mesmo que tivesse ouvido. Já ia a meio do corredor, e olhava atentamente para todas as portas. Por fim, chegou a uma que tinha uma grande estrela e as palavras SIR SEALY BLOOM em grandes letras douradas. Paddington inspirou profundamente e bateu à porta. Não obteve resposta, por isso bateu de novo. Continuou a não obter resposta, por isso, muito cautelosamente, empurrou com a pata a porta entreaberta.

— Vá-se embora! — disse uma voz muito forte. — Não quero ver ninguém.

Paddington espreitou pela frincha da porta. Sir Sealy Bloom estava deitado em cima de um grande divã. Parecia cansado e zangado. Abriu um olho e olhou para Paddington.

— Não dou autógrafos — grunhiu ele.

— Não quero o seu autógrafo — disse Paddington, fitando-o com o seu olhar duro. — Não queria o seu autógrafo nem que tivesse aqui o meu livro de autógrafos, e para mais não tenho aqui o meu livro de autógrafos!

Sir Sealy sentou-se. — Não quer o meu autógrafo? — disse ele, com voz surpreendida. — Mas toda a gente quer o meu autógrafo!

— Pois eu não — disse Paddington. — Vim dizer-lhe que volte a aceitar a sua filha! — Disse as últimas palavras num sussurro. O grande homem parecia agora ter o dobro do tamanho que tinha no palco e parecia estar prestes a explodir a qualquer minuto.

Sir Sealy esfregou a testa. — Quer que eu volte a aceitar a minha filha? — disse ele, por fim.

— Exatamente — respondeu Paddington com firmeza. — E se não a voltar a aceitar, então espero que ela possa vir viver com Mr. e Mrs. Brown.

Sir Sealy Bloom passou a mão distraidamente pela cabeça e depois beliscou-se a si próprio. — Mr. e Mrs. *Brown* — repetiu ele numa voz de autómato. Olhou em volta, agitado, e depois correu para a porta. — Sarah! — chamou ele em voz muito alta.

— Sarah, vem imediatamente aqui! — Recuou para o fundo do quarto até conseguir colocar o divã entre si e Paddington. — Afasta-te de mim, urso! — disse ele, com enorme efeito dramático, e depois fixou muito os olhos em Paddington porque era bastante míope. — És um urso, não és? — acrescentou.

— Exatamente — disse Paddington. — Nascido no interior do Peru!

Sir Sealy olhou para o seu chapéu de lã. — Muito bem — disse ele zangado, nitidamente a tentar ganhar tempo —, então devias saber que ninguém pode usar um chapéu verde no meu camarim. Não sabes que o verde é uma cor que dá muito má sorte no teatro? Tira-o imediatamente!

— A culpa não é minha — disse Paddington. — Eu queria trazer o meu chapéu. — Ele tinha começado a explicar tudo quando a porta se abriu de par em par e entrou a senhora que se chamava Sarah. Paddington reconheceu-a imediatamente como a filha de Sir Sealy na peça.

— Está tudo bem — disse ele. — Vim salvá-la.

— Veio o *quê*? — A senhora parecia surpreendidíssima.

Nesse momento, ouviram bater à porta e um arrumador entregou-lhe um bilhete. — Um jovem cavalheiro urso pediu-me para lhe dar isto — disse ele. — Disse que era muito urgente.

— Aam... obrigado — disse Mr. Brown, desdobrando o bilhete.

— O que é que diz? — perguntou Mrs. Brown, ansiosa. — Ele está bem?

Mr. Brown entregou-lhe a nota para ela ler. — Sei tanto como tu — disse ele.

Mrs. Brown olhou para o bilhete. Tinha sido escrito à pressa, a lápis, e dizia: FOI-ME DADA UMA TAREFA MUTO IMPORTANTE. PADINGTUN. P.S. DEPOIS ESPLICO.

— Mas que raio é que isto pode significar? — disse ela. — Podes crer que aconteceu alguma coisa complicada ao Paddington.

— Não sei — respondeu Mr. Brown, instalando-se de novo no seu lugar enquanto as luzes começavam a baixar. — Mas não vou deixar que me estrague a peça.

— Espero que a segunda parte seja melhor do que a primeira — disse Jonathan. — Achei a primeira parte uma porcaria. O homem estava sempre a esquecer-se das deixas.

A segunda parte foi efetivamente muito melhor do que a primeira. Desde o instante em que Sir Sealy entrou no palco, a sala ficou imediatamente eletrizada. Uma enorme mudança se tinha operado nele. Já não tartamudeava o texto e os espetadores que tinham tossido constantemente durante a primeira parte estavam agora sentados bem direitos nas suas cadeiras e bebiam cada uma das suas palavras.

Quando a cortina desceu, no fim da peça, com a filha de Sir Sealy a regressar aos seus braços, explodiu um enorme aplauso. A cortina subiu outra vez e toda a companhia agradeceu os aplausos com uma vénia. Depois voltou a subir e Sir Sealy e Sarah vieram fazer uma vénia, mas os aplausos não terminavam. Sir Sealy avançou e ergueu a mão, pedindo silêncio.

— Minhas senhoras e meus senhores — disse ele. — Obrigado pelos vossos generosos aplausos. Estamos muito gratos. Mas antes de se irem embora, gostava de vos apresentar o mais jovem e mais importante membro da nossa companhia. Um jovem... aam, urso, que nos veio salvar. — O resto do discurso de Sir Sealy foi abafado por um murmúrio de entusiasmo, enquanto ele avançava até à frente do palco, onde um pequeno painel escondia um buraco nas tábuas, que era a caixa de ponto. Ele pegou na pata de Paddington e puxou. A cabeça de Paddington apareceu pelo buraco. A sua outra pata segurava uma cópia da peça.

— Vem, Paddington — disse Sir Sealy. — Vem fazer a tua vénia.

— Não posso — disse Paddington, com voz sufocada. — Estou preso!

E estava realmente preso, foram necessários vários auxiliares, o bombeiro e uma data de manteiga para o soltar, depois de o público ter saído. Mas, mesmo assim, ele conseguiu mostrar-se o suficiente para erguer o chapéu em agradecimento à assistência que aplaudia, antes de a cortina ter descido pela última vez.

Várias noites depois, qualquer pessoa que entrasse no quarto de Paddington ia encontrá-lo sentado na cama, com o seu álbum de recortes, uma tesoura e um boião de cola. Estava ocupado a colar uma fotografia de Sir Sealy Bloom, que o grande homem lhe dedicara: «A Paddington, com os maiores agradecimentos». Tinha também uma fotografia assinada da senhora chamada Sarah e, um dos seus mais valiosos tesouros — um recorte de jornal acerca da peça com o título PADDINGTON SALVA O DIA!

Mr. Gruber disse-lhe que as fotografias poderiam valer algum dinheiro mas, depois de muito pensar, ele decidira não se separar delas. De qualquer modo, Sir Sealy Bloom tinha-lhe devolvido os seus vinte cêntimos *e oferecido* um binóculo de teatro.

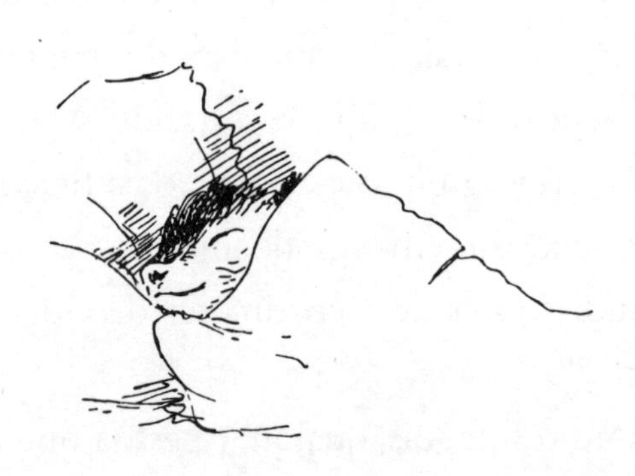

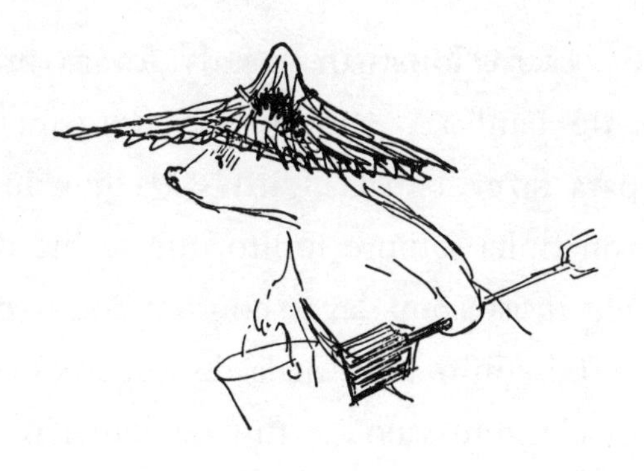

Capítulo Sete

Aventura na Praia

Uma manhã, Mr. Brown bateu ligeiramente no barómetro que se encontrava na sala. — Parece que vai estar um dia bom — disse ele. — Que tal se fôssemos até à praia?

A sugestão foi acolhida com entusiasmo pelo resto da família e, num instante, toda a casa estava num rebuliço.

Mrs. Bird começou imediatamente a preparar uma enorme pilha de sanduíches, enquanto Mr. Brown tratava do carro. Jonathan e Judy foram procurar os fatos de banho e Paddington foi para o seu quarto, para fazer a mala. Uma saída que incluísse Paddington tinha sempre muito que se lhe dissesse porque ele insistia em levar consigo todos os seus pertences. Tal como a sua mala de viagem, ele tinha agora um elegante saco de fim de semana com as iniciais P. B. gravadas e um saco de compras de papel onde juntava todas as pequenas coisas de última hora.

Para os meses de verão, Mrs. Brown tinha-lhe comprado um chapéu para o sol. Era feito de palha e muito maleável. Paddington gostava muito dele porque lhe podia dar várias formas, conforme virasse a aba para cima ou para baixo, e era como ter vários chapéus num só.

— Quando chegarmos a Brightsea — disse Mrs. Brown — compramos-te um balde e uma pá. Para poderes fazer um castelo de areia.

— E podes ir ao cais — disse Jonathan, animado. — Têm lá umas máquinas superfixes. É melhor ires bem abastecido de moedas.

— E podemos ir nadar — acrescentou Judy. — *Sabes* nadar, não sabes?

— Temo que não muito bem — respondeu Paddington. — Sabem, é que eu nunca fui à praia, em toda a minha vida!

— *Nunca* foste à praia? —Todos deixaram de parte o que estavam a fazer e olharam para Paddington.

— Nunca — disse Paddington.

Todos concordaram que devia ser uma coisa maravilhosa ir à praia pela primeira vez na vida; até Mrs. Bird começou a falar na primeira vez em que fora a Brightsea, há muitos anos. Paddington ficou excitadíssimo quando eles lhe contaram todas as coisas maravilhosas que ele ia ver.

O carro estava cheio e eles partiram. Mrs. Bird, Judy e Jonathan iam sentados atrás. Mr. Brown ia a conduzir e Mrs. Brown e Paddington iam sentados ao lado dele. Paddington gostava de ir à frente, principalmente quando a janela ia aberta e ele podia esticar a cabeça para fora e apanhar o arzinho fresco. Depois de uma pequena demora, quando o chapéu de Paddington voou à saída de Londres, rapidamente se encontraram na estrada.

— Já sentes o cheiro do mar, Paddington? — perguntou Mrs. Brown, passado um pouco.

Paddington esticou a cabeça e aspirou o ar. — Cheira-me a qualquer coisa — disse ele.

— Ótimo — disse Mr. Brown. — Continua a cheirar, porque estamos quase lá. — E, na realidade, assim que chegaram ao topo de uma colina e voltaram para descerem pelo outro lado, lá estava ele, ao longe, brilhando no sol da manhã.

Os olhos de Paddington abriram-se desmesuradamente. — Olha para os barcos todos em cima da terra! — exclamou ele, apontando com a pata na direção da praia.

Todos se riram. — Não é terra — disse Judy. — É areia. — Quando acabaram de explicar a Paddington tudo sobre a areia, tinham chegado a Brightsea e dirigiam-se para a beira-mar. Paddington olhava muito desconfiado para o mar. As ondas eram muito maiores do que ele imaginara. Não tão grandes como as que ele vira durante a viagem para Inglaterra, mas, mesmo assim, muito grandes para um urso pequeno.

Mr. Brown parou o carro em frente de uma loja e pegou na carteira. — Gostaria de equipar este urso para um dia de praia — disse ele à senhora que estava atrás do balcão. —Vejamos, vamos precisar de um balde e uma pá, uns óculos de sol, uma daquelas boias de pneu... — À medida que ele ia desfiando a lista, a senhora ia entregando as coisas a Paddington, que começou a desejar ter mais do que duas patas. Tinha em volta dele uma boia de borracha que estava continuamente a escorregar-lhe para os joelhos, uns óculos de sol em equilíbrio precário em cima do nariz, o seu chapéu de palha, um balde e uma pá numa mão e a mala na outra.

— Deseja uma fotografia, senhor? — Paddington voltou-se e viu um homem desleixado, empunhando uma máquina fotográfica, que o fitava. — É só uma libra, senhor. Resultado garantido. Devolvemos o dinheiro se não ficar satisfeito.

Paddington avaliou a oferta durante alguns momentos. Não lhe agradava muito o aspeto do homem, mas ele tinha poupado imenso durante várias semanas e agora tinha mais de três libras. Seria agradável ter uma fotografia sua.

— Não leva nem um minuto, senhor — disse o homem, desaparecendo atrás de um pano preto no lado de trás da máquina. — Olhe o passarinho.

Paddington olhou à sua volta. Tanto quanto conseguia ver, não havia por ali pássaro nenhum. Deu a volta por detrás do homem e deu-lhe um toque nas costas. O fotógrafo, que parecia estar à procura de qualquer coisa, deu um salto e saiu de debaixo do pano. — Como é que quer que eu lhe tire a fotografia se não se põe à frente da câmara? — perguntou ele, num tom de voz ofendido. — Agora estraguei uma chapa, e — fez uma expressão matreira — vai ter de me pagar uma libra por isso!

Paddington fitou-o com o seu olhar firme. — Disse que havia um pássaro — disse ele. — E não havia.

— Deve ter voado para longe quando viu a sua cara — disse o homem, maldosamente. — E a minha libra, onde está?

Paddington fitou-o ainda mais firmemente, durante um instante. — Acho que foi o pássaro que a levou quando voou para longe — respondeu.

— Ah! Ah! Ah! — riu às gargalhadas um outro fotógrafo, que tinha estado a seguir o acontecimento, com toda a atenção. — Imagina, seres metido na ordem por um urso, Charlie! É bem feito, para não andares a tirar fotografias sem teres licença. Agora põe-te a mexer daqui, antes que eu chame a polícia.

Ficou a olhar para o outro, enquanto ele reunia as suas coisas e se afastava na direção do cais, depois voltou-se para Paddington. — Esta gente é insuportável — disse ele. — A roubar o ganha-pão às pessoas honestas. Fez muito bem em não lhe pagar nada. E, se me der licença, gostaria de lhe tirar uma bela fotografia, como forma de compensação!

Os Browns trocaram olhares entre si. — Não sei como é — disse Mrs. Brown —, mas o Paddington consegue sempre ficar por cima.

— É por ser um urso — disse Mrs. Bird, obscuramente. — Os ursos ficam sempre por cima. — E tomou a dianteira, conduzindo o grupo para a praia, onde estendeu cuidadosamente uma manta de viagem na areia, atrás de um quebra-mar. — Este lugar é tão bom como qualquer outro — disse ela. — E assim sabemos todos onde estão as nossas coisas e para onde devemos voltar, sem ninguém se perder.

— A maré está baixa — disse Mr. Brown. — Está ótimo para um banho agradável e seguro. — Voltou-se para Paddington. — Vens à água, Paddington? — perguntou.

Paddington olhou para o mar. — Talvez vá molhar os pés — disse ele.

— Então vá, despacha-te — gritou Judy. — E traz o teu balde e a pá, para fazermos castelos de areia.

— Fixe! — Jonathan apontou para um aviso afixado na parede atrás deles. — Olha... vai haver um concurso de castelos de areia. Fantástico! Primeiro prémio: dez libras para o maior castelo de areia!

— E se nos juntássemos todos e fizéssemos um? — disse Judy. — Aposto que, entre nós os três, conseguimos fazer o maior castelo jamais visto.

— Acho que isso não é permitido — disse Mrs. Brown, lendo o aviso. — Diz aqui que cada um tem de fazer o seu próprio castelo.

Judy ficou desiludida. — Bem, de qualquer forma, vou tentar. Vá, vocês os dois, venham! Vamos primeiro tomar um banho e podemos começar a cavar depois do almoço. — Ela correu pela areia, seguida de perto por Jonathan e Paddington. Pelo menos, Jonathan seguia-a de perto, mas Paddington mal tinha arrancado quando a boia começou a escorregar e ele foi de nariz ao chão.

— Paddington, dá cá a tua mala — gritou Mrs. Brown. — Não a podes levar contigo para a água. Vai ficar toda estragada.

Com um ar um bocado desanimado, Paddington entregou as suas coisas a Mrs. Brown, para ela lhas guardar e depois correu pela praia atrás dos outros. Judy e Jonathan estavam já muito longe quando ele chegou, por isso contentou-se em ficar sentado à beirinha de água durante um momento, deixando as ondas brincarem à sua volta. Era uma sensação muito agradável, um pouco frio ao princípio, mas depressa aqueceu. Concluiu que a beira-mar era um ótimo lugar para se estar. Afastou-se um pouco para a parte em que a água era mais funda e depois deitou-se na sua boia de borracha, deixando as ondas arrastá-lo suavemente para a praia.

— Dez libras! Imaginem... imaginem que ele conseguia ganhar aquelas dez libras, inteirinhas! — Fechou os olhos. Na sua imaginação desenhava-se a bonita imagem de um castelo feito de areia, como um que ele tinha visto uma vez, num livro ilustrado, com muralhas, torres e um fosso. Estava cada vez maior e toda a gente na praia tinha parado para se reunir à volta dele, a aplaudir. Várias pessoas diziam que nunca tinham visto um castelo de areia tão grande e... acordou num salto, ao sentir que alguém o estava a borrifar com água.

— Então, Paddington — disse Judy. — Aí deitado ao sol, a dormir. São horas de almoço e depois temos montes de coisas para fazer. — Paddington ficou desiludido. O castelo de areia do seu sonho era tão bonito. Ele tinha a certeza de que ganhava o primeiro prémio. Esfregou os olhos e seguiu Judy e Jonathan pela praia acima, até onde Mrs. Bird tinha já as sanduíches — fiambre, ovo e queijo para todos e especiais de compota para Paddington —, seguidas de gelado e salada de fruta.

— Eu sugiro — disse Mr. Brown, que tinha em mente dormir uma boa sesta depois do almoço — que depois de terem comido, vá cada um de vocês para um sítio diferente e façam os vossos castelos de areia. Depois teremos o nosso concurso privado, a par da competição oficial. Dou uma libra ao que tiver o maior castelo.

Todos os três pensaram que era uma boa ideia. — Mas não vão para muito longe — gritou Mrs. Brown quando Judy, Jonathan e Paddington se afastaram. — Lembrem-se de que a maré está a subir! — O aviso dela caiu em orelhas moucas; todos eles estavam demasiado interessados em castelos de areia. Paddington, em especial, empunhava a sua pá e o balde numa atitude absolutamente determinada.

A praia estava cheia de gente e ele teve de andar um bom bocado antes de encontrar um espaço vazio. Para começar, escavou um grande fosso em círculo, deixando uma ponte levadiça para ele, para poder transportar para cá e para lá a areia necessária para fazer o castelo. Depois, dedicou-se à tarefa de carregar com os baldes de areia cheios para construir as muralhas.

Ele era um urso extremamente trabalhador e, embora o trabalho fosse duro e em breve as suas patas estivessem já cansadas, continuou até ter um enorme monte de areia no meio do círculo. Depois, começou a trabalhar com a pá, alisando as paredes e recortando as muralhas. Eram muralhas muito perfeitas, com buracos para as janelas e aberturas para os arqueiros lançarem as flechas.

Quando terminou, pôs o balde em cima de uma das torres, colocou o chapéu em cima do balde, e depois deitou-se lá dentro, ao lado do seu boião de compota e fechou os olhos. Sentia-se cansado, mas estava muito satisfeito consigo próprio. Embalado pelo som suave do mar que lhe soava aos ouvidos, em breve adormeceu.

— Já corremos a praia toda — disse Jonathan. — E não o conseguimos ver em sítio nenhum.

— Ele nem sequer levou a boia salva-vidas — disse Mrs. Brown, angustiada. — Nada. Apenas um balde e uma pá. — Os Browns estavam reunidos, muito preocupados, em redor do nadador-salvador.

— Ele já desapareceu há imensas horas — disse Mr. Brown. — E a maré encheu há mais de duas!

O homem tinha uma expressão séria. — E diz que ele não sabe nadar? — perguntou.

— Ele nem sequer gosta especialmente de tomar banho — disse Judy. — Por isso tenho a certeza de que não sabe nadar.

— Esta é a fotografia dele — disse Mrs. Bird. — Foi tirada esta manhã. — Ela entregou ao homem a fotografia de Paddington e depois enxugou os olhos com um lencinho. — Eu sei que lhe aconteceu alguma coisa. Ele nunca perderia o lanche, a não ser que alguma coisa de grave tivesse acontecido.

O homem olhou para a fotografia. — Podemos divulgar uma descrição dele — disse, cético. — Mas não é nada fácil perceber pela fotografia como é que ele é. Só se vê chapéu e óculos de sol.

— Não pode mandar um barco salva-vidas? — perguntou Jonathan, esperançado.

— Podíamos — respondeu o homem. — Se soubéssemos onde procurar. Mas ele pode estar em qualquer sítio.

— Meu Deus! — Mrs. Brown usou também o seu lencinho. — Não suporto pensar nisso.

— Alguma coisa se há de resolver — disse Mrs. Bird. — Ele tem uma boa cabeça em cima dos ombros.

— Bem — disse o homem, entregando-lhes um chapéu de palha a escorrer. — Fiquem os senhores com isto, e, entretanto... vamos ver o que se pode fazer.

— Então, então, Mary! — Mr. Brown agarrou no braço da mulher. — Ele pode apenas tê-lo perdido na praia, ou qualquer coisa assim. E a maré pode tê-lo arrastado. — Baixou-se para reunir o resto dos pertences de Paddington. Pareciam muito pequeninos e sós, ali abandonados.

— Não há dúvida de que é o chapéu do Paddington — disse Judy, observando-o. — Olhem... tem a marca dele por dentro! — Ela voltou o chapéu do avesso e mostrou-lhes a impressão de uma pata em tinta preta e as palavras O MEU CHAPÉU — PADINGTUN.

— Proponho que nos separemos todos — disse Jonathan — e passemos a praia a pente fino. Assim temos mais possibilidades.

Mr. Brown fez um ar incrédulo. — Está a ficar escuro — disse ele.

Mrs. Bird voltou a pousar a manta de viagem e cruzou os braços. — Bem, eu por mim não me vou embora sem que ele tenha aparecido — disse ela. — Não conseguia voltar para aquela casa vazia — não sem o Paddington.

— Ninguém se quer ir embora sem ele, Mrs. Bird — disse Mr. Brown. Olhou, desesperado, para o mar. — Só que...

— Talvez *nã'* tenha sido *'rastado pró* mar — disse o nadador-salvador, diligente. — Talvez *'teja* lá *pró* cais ou assim. *'Tou* a ver uma grande multidão a juntar-se lá para aquele lado. Deve *'tar* a passar--se alguma coisa interessante. — Gritou para um homem que ia a passar. — *Qu'é* que se passa no cais, chefe?

Sem parar, o homem olhou por cima do ombro e gritou: — Foi um sujeito *qu'atravessou* o Atlântico numa jangada, sozinho. Dizem que passou centenas de dias sem comida nem água! — continuou, sem deixar de correr.

O nadador-salvador parecia desiludido. — Deve ser mais um daqueles aventureiros da publicidade — disse ele. — Todos os anos aparecem.

Mr. Brown parecia pensativo. — Não sei — disse ele, olhando na direção do cais.

— Podia perfeitamente ser uma coisa dele — disse Mrs. Bird. — É mesmo o tipo de coisas que acontece ao Paddington.

— Tem de ser! — gritou Jonathan. — Tem mesmo de ser!

Olharam todos uns para os outros e depois, pegando nas suas coisas, juntaram-se à multidão que corria na direção do cais. Levaram imenso tempo a conseguir abrir caminho por entre a multidão porque a notícia de que «qualquer coisa estava a acontecer no cais» tinha-se espalhado e havia uma enorme aglomeração à entrada. Mas, por fim, depois de Mr. Brown ter falado com um polícia, abriram caminho para eles e foram escoltados até ao fundo do cais, onde normalmente as «gaivotas» de pedais atracam.

O que viram surpreendeu-os. Paddington, que acabava de ser tirado da água por um pescador, estava sentado em cima do seu balde, voltado ao contrário, e falava com alguns jornalistas. Vários de entre eles estavam a tirar-lhe fotografias, enquanto os restantes disparavam perguntas.

— Veio diretamente da América? — perguntou um repórter.

Os Browns, que não se conseguiam decidir entre rir ou chorar, ficaram à espera ansiosamente pela resposta de Paddington.

— Bem, não — disse Paddington, honestamente, depois de um momento de pausa. — Da América, não. Mas vim de muito longe. — Apontou vagamente com a pata na direção do mar. — Fui apanhado pela maré, não sei se estão a ver.

— E ficou sentado dentro desse balde durante o tempo todo? — perguntou outro homem, tirando uma fotografia.

— Sim — respondeu Paddington. — E usei a pá como remo. Foi uma sorte tê-la comigo.

— Alimentou-se de plâncton? — perguntou outra voz.

Paddington pareceu admirado. — Não — disse ele. — Compota.

Mr. Brown abriu caminho por entre a multidão. Paddington levantou-se de um salto, com um ar bastante comprometido.

— Pronto, chega — disse Mr. Brown, pegando-lhe na pata. — Já chega de perguntas por hoje. Este urso andou no mar durante muito tempo e está cansado.

— Na realidade — olhou intencionalmente para Paddington — esteve no mar durante a tarde toda!

— Ainda é terça-feira? — perguntou Paddington, com ar inocente. — Pensei que tinha passado muito mais tempo!

— É terça-feira — disse com firmeza Mr. Brown. — E temos estado mortos de preocupação por tua causa!

Paddington pegou no balde, na pá e no boião de compota. — Bem — disse ele —, continuo a insistir que não há muitos ursos que tenham andado a navegar dentro de um balde.

Quando atravessaram de carro Brightsea para irem para casa já estava escuro. O paredão estava enfeitado com luzes de cores e até as fontes dos jardins mudavam constantemente de cor. Era tudo muito bonito. Mas Paddington, que ia deitado na parte de trás do carro, embrulhado numa manta, só pensava no seu castelo de areia.

— Aposto que o meu era maior do que todos os outros — disse ele, sonolento.

— Aposto que o meu era o maior — disse Jonathan.

— Eu acho — disse apressadamente Mr. Brown — que o melhor é todos receberem uma libra, por causa das dúvidas.

— Talvez pudéssemos voltar, noutro dia — disse Mrs. Brown. — E então podem fazer um novo concurso. O que é que achas, Paddington?

Da parte de trás do carro não veio nenhuma resposta. Castelos de areia, atravessar a remos no seu balde todo o cais e o ar do mar tinham sido coisas a mais para Paddington. Estava profundamente adormecido.

Capítulo Oito

Um Truque de Desaparecimento

— Ooooh — exclamou Paddington —, é mesmo para mim? — Fitou gulosamente o bolo. Era, efetivamente, um bolo maravilhoso. Um dos melhores de Mrs. Bird. Tinha uma cobertura de açúcar cristalizado e recheio de nata batida e compota. Em cima, tinha uma vela e as palavras PARA PADDINGTON. COM OS MELHORES DESEJOS DE UM FELIZ ANIVERSÁRIO — DE TODOS NÓS.

A ideia de uma festa de aniversário partira de Mrs. Bird. Paddington estava com eles há dois meses.

Ninguém, nem o próprio Paddington, sabia ao certo quantos anos é que ele tinha, portanto decidiram começar tudo do princípio e assentar em que era o ano um. Paddington achou que era uma boa ideia, principalmente quando lhe disseram que os ursos fazem anos duas vezes por ano — uma no verão e outra no inverno.

— Tal como a rainha — disse Mrs. Bird. — Portanto podes considerar-te muito importante.

Paddington não precisou que lho dissessem duas vezes. Na realidade, foi direitinho ter com Mr. Gruber para lhe dar as boas notícias. Mr. Gruber pareceu impressionado e ficou satisfeito quando Paddington o convidou para a festa.

— Não é nada habitual fazerem-me convites, Mr. Brown — disse ele. — Já nem me lembro de quando é que foi a última vez que saí e fico muito contente, obrigado.

Na altura não disse mais nada, mas na manhã seguinte parou uma carrinha à porta da casa dos Browns e entregaram um embrulho com aspeto misterioso, da parte de todos os lojistas de Portobello Market.

— Mas que urso cheio de sorte — exclamou Mrs. Brown quando, ao abrir o embrulho, viu o que estava lá dentro. Era um carrinho de compras com rodinhas, novo, todo bonito, com uma campainha que Paddington podia tocar para anunciar a sua chegada.

Paddington coçou a cabeça. — É o cabo dos trabalhos saber o que é que tenho de fazer primeiro — disse ele, enquanto colocava cuidadosamente o carrinho junto dos outros presentes. — Vou ter muitas cartas de «obrigado» para escrever.

— Talvez o melhor seja deixá-las para amanhã — disse Mrs. Brown, angustiada. Sempre que Paddington escrevia cartas costumava pôr mais tinta por cima dele próprio do que no papel, e ele estava tão excecionalmente elegante, depois do banho que tomara na noite anterior, que era uma pena estragar tudo.

Paddington ficou desiludido. Ele gostava de escrever cartas. — Talvez eu possa ajudar Mrs. Bird na cozinha — disse ele, esperançado.

— Tenho o prazer de informar — disse Mrs. Bird, saindo da cozinha — que já fiz tudo. Mas, se quiseres, podes lamber a colher. — Ela conservava algumas recordações tristes das outras ocasiões em que Paddington *ajudara* na cozinha. — Mas não exageres — avisou ela — ou então não vais ter espaço para isto.

Foi então que Paddington viu o bolo pela primeira vez. Os seus olhos, habitualmente grandes e redondos, ficaram muito maiores e mais redondos, de tal forma que até Mrs. Bird corou de orgulho.

— Ocasiões especiais exigem coisas especiais — disse ela e dirigiu-se rapidamente para a sala de jantar.

Paddington passou o resto do dia a ser mandado embora de uma parte da casa para outra, enquanto decorriam os preparativos para a sua festa. Mrs. Brown estava ocupada com as limpezas. Mrs. Bird estava ocupada na cozinha. Jonathan e Judy estavam ocupados com as decorações. Todos tinham uma ocupação, exceto Paddington.

— Eu achei que se tratava do *meu* aniversário — resmungou ele, ao ser recambiado pela quinta vez para a sala, depois de ter entornado uma caixa de berlindes no chão da cozinha.

— E é, meu querido — disse Mrs. Brown, triste. — Mas a tua vez é mais logo. — Começava a lamentar ter-lhe dito que os ursos tinham dois aniversários por ano porque ele estava já a pensar quando é que o segundo ia ter lugar.

— Agora vai para a janela e vê se o carteiro chega — disse ela, levantando-o até ao peitoril da janela. Mas Paddington não ficou lá muito satisfeito com a ideia. — Ou então — disse ela — vai praticar os teus truques da magia, para estares preparado para esta noite.

Entre os muitos presentes de Paddington, encontrava-se um equipamento de magia, oferecido por Mr. e Mrs. Brown. Era do Barkridges e tinha sido muito caro. Incluía uma mesa especial de magia, uma grande caixa-mistério que fazia desaparecer coisas desde que se seguissem as instruções rigorosamente, uma varinha mágica e vários baralhos de cartas. Paddington esvaziou tudo no chão e instalou-se no meio para ler o livro de instruções.

Ficou ali durante muito tempo, sentado, a estudar as imagens e os diagramas, e a ler tudo duas vezes, para não ter dúvidas. De vez em quando, distraidamente, metia a pata no pote de compota e depois, lembrando-se de que era o seu aniversário e que ia haver um grande lanche, pegou no boião e colocou-o em cima da mesa de magia, antes de regressar aos seus estudos.

O primeiro capítulo intitulava-se MAGIAS. Ensinava a mover a varinha mágica e a dizer corretamente ABRACADABRA. Paddington pôs-se de pé, segurando o livro numa das patas, e agitou muitas vezes a varinha mágica. Também tentou dizer ABRACADABRA. Olhou à sua volta. Nada parecia ter mudado, e ele preparava-se para experimentar de novo, quando os olhos lhe saltaram das órbitas. O boião de compota que ele pousara em cima da mesa de magia há tão pouco tempo tinha desaparecido. Pior ainda. Não havia instruções nenhumas para o fazer voltar. Paddington concluiu que se deveria tratar de uma magia tremendamente poderosa para conseguir fazer desaparecer no ar um boião inteiro de compota.

Estava já a sair para ir a correr contar aos outros quando pensou melhor. Podia ser um bom truque para ele fazer naquela noite, principalmente se conseguisse convencer Mrs. Bird a dar-lhe mais um boião. Foi até à cozinha e agitou a varinha várias vezes na direção de Mrs. Bird, para se certificar de que funcionava.

— Eu dou-te o ABRACADABRA — disse Mrs. Bird, empurrando-o para fora. — E tem cuidado com essa vara, que podes arrancar um olho a alguém.

Paddington regressou à sala e experimentou dizer a fórmula do fim para o princípio. Não aconteceu nada, portanto ele começou a ler o próximo capítulo do livro de instruções, que se intitulava O MISTÉRIO DO OVO DESAPARECIDO.

— Pensei que não era preciso nenhum livro para ensinar isso — disse Mrs. Bird à hora do almoço, quando Paddington lhe contou como se fazia. — A maneira como fazemos desaparecer a comida pela goela abaixo não interessa a ninguém.

— Bem — disse Mr. Brown —, desde que não tentes serrar ninguém ao meio logo à noite, por mim está tudo bem.

— Estava só a brincar — acrescentou precipitadamente, perante o olhar muito espantado que Paddington lhe lançou. Mesmo assim, logo que acabaram de almoçar, Mr. Brown apressou-se a ir ao jardim e fechar à chave as suas ferramentas. Com Paddington não era sensato correr riscos.

Contudo, ele não tinha motivos para preocupações, porque Paddington tinha a cabeça a deitar por fora com as mais variadas coisas. Toda a família se reuniu à hora do lanche, bem como Mr. Gruber. Muitas outras pessoas foram aparecendo, incluindo o vizinho do lado dos Browns, Mr. Curry. Este último era um visitante muito indesejado. — Só porque há comida à borla — disse Mrs. Bird. — Acho um nojo aproveitar-se das migalhas do prato de um jovem urso desta maneira. Se ele nem sequer foi convidado!

— Se ele tirar algumas migalhas do prato do Paddington, não lhe perdoamos — disse Mrs. Brown. — Mas, mesmo assim, é muito indelicado da parte dele, depois de todas as coisas que disse anteriormente. E nem sequer foi capaz de lhe desejar um feliz aniversário.

Mr. Curry tinha má fama no bairro por ser forreta e por meter o nariz na vida dos outros. Tinha também muito mau feitio, e estava sempre a queixar-se da mais pequena coisa que ele não aprovasse. Anteriormente, isso incluíra muitas vezes Paddington, razão pela qual os Browns não o tinham convidado para a festa.

Mas até mesmo Mr. Curry não encontrou motivos de reclamação em relação ao lanche. Desde o enorme bolo de aniversário até à última sanduíche de compota, todos concordaram que era o melhor lanche que jamais haviam provado. Paddington estava tão cheio que teve enormes dificuldades em reunir o fôlego suficiente para apagar a vela. Mas por fim, acabou por conseguir, sem chamuscar os bigodes, e toda a gente, incluindo Mr. Curry, aplaudiu e desejou um feliz aniversário.

— E agora — disse Mr. Brown, quando o barulho acalmou. — Se quiserem fazer todos o favor de afastar as vossas cadeiras, eu creio que o Paddington tem uma surpresa para nós.

Enquanto todos estavam ocupados a empurrar as cadeiras para um lado da sala, Paddington desapareceu dentro do escritório e regressou acompanhado pelo seu equipamento de magia. Houve uma pausa para que ele montasse a mesa de magia e colocasse em posição a caixa-mistério, mas em breve tudo estava a postos. As luzes foram apagadas, à exceção de uma lâmpada normal, e Paddington agitou a pata no ar, pedindo silêncio.

— Minhas senhoras e meus senhores — começou ele, consultando o livro de instruções —, o meu próximo truque é impossível!

— Mas ainda não fez nenhum — resmungou Mr. Curry.

Ignorando a crítica, Paddington voltou a página.
— Para este truque — disse ele —, preciso de um ovo.

— Oh meu Deus! — disse Mrs. Bird, apressando-se na direção da cozinha. — Eu sei que alguma coisa de terrível está para acontecer.

Paddington pousou o ovo no centro da sua mesa mágica e tapou-o com um lenço. Murmurou ABRACADABRA várias vezes e depois bateu no lenço com a varinha mágica.

Mr. e Mrs. Brown olharam um para o outro. Estavam ambos a pensar na sua carpete. — E *voilà*! — disse Paddington, retirando o lenço. Para surpresa de todos, o ovo tinha desaparecido completamente.

— É fácil — disse Mr. Curry com ar entendido, sobrepondo-se aos aplausos —, é tudo feito com um truque de prestidigitação. Mas, mesmo assim, para um urso, está muito bem. Muito bem, mesmo. Agora faça-o aparecer outra vez!

Sentindo-se muito satisfeito consigo próprio, Paddington fez uma vénia e depois meteu a mão no compartimento secreto na parte de trás da mesa. Para sua grande surpresa, encontrou uma coisa muito maior do que o ovo. Na realidade... era um boião de compota. Precisamente o que havia desaparecido nessa manhã! Apresentou-o equilibrado na pata; o aplauso para este truque foi ainda maior.

— Excelente — disse Mr. Curry, batendo com a mão nos joelhos. — Fazer as pessoas acreditarem que ele ia encontrar um ovo e afinal era um boião de compota. Muito bom, mesmo!

Paddington voltou a página. — E agora — anunciou, corado com o sucesso — o truque do desaparecimento! — Pegou numa jarra com as melhores flores de Mrs. Brown e colocou-a em cima da mesa de jantar, ao lado da sua caixa-mistério. Ele não estava muito satisfeito com este truque porque não tinha tido tempo para o praticar e não tinha a certeza absoluta de que a caixa-mistério funcionasse ou sequer onde é que era preciso colocar as flores para as fazer desaparecer.

A assistência estava em silêncio. — Este truque é muito demorado — queixou-se Mr. Curry, passado um momento.

— Só espero que esteja tudo bem — disse Mrs. Brown. — Não o ouço.

— Bem, não pode ter ido para muito longe — disse Mr. Curry. — Vamos experimentar bater. — Levantou-se e bateu na caixa, sonoramente, e depois aproximou o ouvido. — Ouço alguém chamar —

disse ele. — Parece o Paddington. Vou experimentar outra vez. — Abanou a caixa e, no interior ouviu-se bater, em resposta.

— Eu acho que ele se fechou a si próprio lá dentro — disse Mr. Gruber. Também ele bateu na caixa e gritou: — Está tudo bem consigo, Mr. Brown?

— Não! — respondeu uma vozinha abafada. — Está escuro e não consigo ler o meu livro de instruções.

— Mas que grande truque — disse Mr. Curry, passado algum tempo e depois de terem conseguido abrir a caixa-mistério de Paddington com um canivete. Serviu-se de biscoitos. — O urso desaparecido. Muito invulgar! Só não consigo saber para que é que servem as flores.

Paddington olhou desconfiado para ele, mas Mr. Curry estava demasiado ocupado com os biscoitos.

— Para o meu próximo truque — disse Paddington —, preciso de um relógio.

— Tens a certeza? — perguntou Mr. Brown. — Não serve outra coisa qualquer?

Paddington consultou o manual de instruções. — Diz aqui um relógio — repetiu, com determinação.

Mr. Brown puxou à pressa a manga esquerda para baixo, tapando o pulso. Infelizmente, Mr. Curry, que estava com uma disposição invulgarmente boa, depois do seu lanche à borla, levantou-se e ofereceu o seu. Paddington aceitou-o, agradecido, e colocou-o em cima da mesa. — Este truque é muito bom — disse ele, tirando de dentro da caixa um pequeno martelo.

Tapou o relógio com um lenço e depois bateu-lhe diversas vezes. A cara de Mr. Curry ficou petrificada. — Espero que saiba o que está a fazer, jovem urso — disse ele.

Paddington estava com um ar bastante preocupado. Ao virar a página, deparara-se com as palavras fatais: «Para este truque é necessário ter um segundo relógio.» A medo, levantou uma ponta do lenço. Algumas molas e vários bocados de vidro rolaram sobre a mesa. Mr. Curry soltou um berro de ira.

— Acho que me esqueci de dizer ABRACADABRA — gaguejou Paddington.

— ABRACADABRA! — gritou Mr. Curry, fora de si com a fúria. — ABRACADABRA! — Pegou nos restos do relógio. — Há vinte anos que eu tinha este relógio. Agora, olhem para ele! Isto vai custar a alguém bom dinheiro!

Mr. Gruber tirou do bolso um óculo e examinou cuidadosamente o relógio. — Que disparate — disse ele, vindo em auxílio de Paddington. — Este foi o que me comprou por três libras há seis meses! Devia envergonhar-se por estar a mentir em frente de um jovem urso!

— Parvoíces! — atirou Mr. Curry. Sentou-se pesadamente na cadeira de Paddington. — Parvoíces! Eu dou-lhe... — a sua voz extinguiu-se e o seu rosto foi invadido por uma expressão muito estranha. — Estou sentado em cima de qualquer coisa — disse ele. — Qualquer coisa húmida e pegajosa!

— Ó meu Deus! — disse Paddington. — Espero que seja o meu ovo desaparecido. Deve ter voltado a aparecer!

Mr. Curry ficou vermelho como um tomate. — Nunca fui tão insultado em toda a minha vida —

disse ele. — Nunca! —Voltou-se, ao chegar à porta, e apontou um dedo acusador para todo o grupo. — É a última vez, definitivamente, que eu venho a uma das *vossas* festas de aniversário!

— Henry — disse Mrs. Brown quando a porta se fechou atrás de Mr. Curry —, não te rias dessa maneira.

Mr. Brown tentou forçar uma expressão séria. — Não sou capaz — disse ele, rebentando numa gargalhada. — Não sou capaz.

— Viram a cara dele quando as molas começaram a saltar? — disse Mr. Gruber, com as lágrimas a correr pela cara abaixo.

— Mesmo assim — disse Mr. Brown, depois de as gargalhadas terem acalmado. — Acho que para a próxima vez talvez devas experimentar alguma coisa um pouco menos perigosa, Paddington.

— Que tal o truque de cartas de que me falou, Mr. Brown? — perguntou Mr. Gruber. — Aquele em que se rasga uma carta e depois se tira inteira da orelha de uma pessoa.

— Sim, esse parece bastante interessante e calmo — disse Mrs. Brown. —Vamos ver esse.

— Não gostavam de ver mais um truque de desaparecimento? — perguntou Paddington, cheio de esperança.

— Não, de certeza, meu querido — respondeu Mrs. Brown.

— Bem — disse Paddington, remexendo na sua caixa —, não é muito fácil fazer truques de cartas quando se tem patas, mas não me importo de experimentar.

Apresentou um baralho de cartas a Mr. Gruber, que, solenemente, tirou uma do meio e a memorizou, antes de voltar a colocá-la no baralho. Paddington moveu a pata sobre o baralho várias vezes e depois tirou uma carta e mostrou o ás de espadas. — Era esta? — perguntou a Mr. Gruber.

Mr. Gruber limpou cuidadosamente os óculos e olhou para a carta. — Sabe — disse ele —, acho que era mesmo essa!

— Aposto que as cartas são todas iguais — sussurrou Mr. Brown para a mulher.

— Shiu! — disse Mrs. Brown. — Eu acho que ele fez aquilo muito bem.

— Esta é a parte difícil — disse Paddington, rasgando-a. — Não estou muito seguro relativamente a esta parte. — Colocou os dois bocados debaixo do lenço e bateu várias vezes com a varinha.

— Oh! — disse Mr. Gruber, esfregando o lado da cabeça. — Senti uma coisa qualquer saltar da minha orelha agora mesmo. Uma coisa fria e dura. — Levou a mão à orelha. — E esta, hein!... Eu acho que... — Mostrou à assistência um objeto redondo, brilhante. — É um soberano! O meu presente de aniversário para Paddington! Agora o que eu não sei é como é que ele veio parar aqui.

— Ooooh! — disse Paddington, observando-a, todo orgulhoso. — Não estava à espera. Muito obrigado, Mr. Gruber.

— Bem — disse Mr. Gruber —, é apenas um modesto presente, Mr. Brown. Mas apreciei muito as conversas que tivemos durante estas manhãs. Estou sempre ansioso por elas e, aam... — aclarou a garganta e olhou em volta. — Tenho a certeza de que todos nós desejamos que venha a ter muitos mais dias de aniversário!

Quando o coro de apoio se calou, Mr. Brown levantou-se e olhou para o relógio de parede. — E agora — disse ele —, já passa imenso da hora de irmos para a cama, principalmente da tua, Paddington, portanto sugiro que façamos todos agora um truque de desaparecimento.

— Adorava — disse Paddington, à porta, acenando para as pessoas que se iam embora —, adorava que a minha tia Lucy me pudesse ver agora. Ela ia ficar muito feliz.

— Tens de lhe escrever e contar tudo o que se passou, Paddington — disse Mrs. Brown, agarrando-lhe na pata. — Mas amanhã — acrescentou apressadamente. — Não te esqueças de que tens lençóis lavados na cama.

— Sim — disse Paddington. — Amanhã de manhã. Se o fizesse agora, podia acontecer espalhar alguma tinta nos lençóis, ou assim. Estão sempre a acontecer-me coisas.

— Sabes uma coisa, Henry — disse Mrs. Brown, enquanto olhavam para Paddington, a subir as escadas para ir para a cama, com um aspeto bastante pegajoso e muito ensonado —, é bom ter um urso em casa.

Posfácio

Um Urso Chamado Paddington não começou a sua vida na forma de um livro. O parágrafo inicial era apenas um rabisco matinal patrocinado pela certeza de que se não fosse eu a colocar qualquer coisa na página em branco na minha máquina de escrever, ninguém o faria.

Contudo, isso estimulou a minha imaginação e então escrevi um segundo parágrafo, depois um terceiro e, no fim do dia, tinha a história toda escrita.

A minha fonte de inspiração foi um urso de peluche que estava em cima da lareira do nosso apartamento de uma única divisão, perto do mercado de Portobello, em Londres. Tinha-o comprado, em desespero, na véspera de Natal do ano anterior para ter alguma coisa para colocar no sapatinho da minha mulher, e chamámos-lhe Paddington porque era uma palavra cujo som sempre me agradara e o nome é uma coisa importante, principalmente quando se é um urso e não se tem praticamente mais nada na vida.

Muito rapidamente, ele ia tornar-se um membro da família. Na realidade, durante muito tempo, ele *era* a família e foi tratado como tal; sentava-se connosco à mesa às refeições, ia de férias connosco e, uma vez por outra, interrompia as nossas conversas.

Dez dias depois, tendo mais sete histórias escritas, compreendi que tinha nas mãos um livro. Não tinha sido escrito tendo em mente qualquer grupo etário, o que era uma sorte porque até à data eu só escrevera para adultos e se me tivesse dirigido conscientemente a uma audiência jovem, poderia ter escrito uma coisa muito «para baixo», o que é sempre uma má ideia. De qualquer modo, concordo com Gertrude Stein: um livro é um livro é um livro, e deverá proporcionar prazer a todos os níveis.

Também tive sorte por ter escolhido um urso para o meu rabisco. O falecido Peter Bull, ator e colecionador de ursos de peluche, disse uma vez que enquanto as bonecas estão sempre a questionar-se sobre o que é que hão de vestir a seguir, nunca se sabe em que é que um urso pode estar a pensar, e ele tinha razão. Temos a sensação de que podemos confiar-lhes os nossos segredos, que eles não os irão dizer a ninguém. Outra coisa que sucede com os ursos é que estamos habituados a vê-los em liberdade, a bambolear-se em cima de duas patas, portanto estão a meio caminho de serem humanos.

O primeiro livro de uma série é sempre o mais divertido de escrever. Todas as possibilidades estão em aberto e podemos ir por onde a imaginação nos levar. Contudo, ao mesmo tempo, estamos a criar certos parâmetros que ficam para sempre. Apesar de todas as aventuras de Paddington se passarem na atualidade, imagino-o sempre a ir para casa ao fim do dia, num mundo pré-guerra muito mais seguro, que eu recordo da minha infância.

Creio que eles nunca tiveram consciência disso, mas os meus pais serviram de modelo para Mr. e Mrs. Brown. (Também há muito do meu pai no Paddington, porque ele era muito respeitador da lei e nunca saía de casa sem chapéu porque podia cruzar-se com alguém que conhecesse e não teria com que cumprimentar). Jonathan e Judy existem para colmatar o hiato entre as gerações. Mrs. Bird foi baseada nas recordações da minha infância, da governanta interna do meu melhor amigo. O «melhor amigo» de Paddington, Mr. Gruber, é importante porque ele sabe o que é ser um refugiado num país estrangeiro, por isso eles têm uma relação tão especial. O vizinho de longa e penosa data dos Browns, Mr. Curry, desencadeia muitas histórias. Tenho apenas de os juntar aos dois e as coisas começam a acontecer. O «número 32 de Windsor Gardens» para mim localiza-se mesmo à esquina da nossa casa.

Paddington foi, e será sempre, uma figura muito real para mim. Tem os pés bem assentes no chão e um forte sentido do mal e do bem. De tal modo que, quando me deparo com um problema na minha própria vida, muitas vezes pergunto-me o que é que ele faria naquelas circunstâncias.

O facto de os outros acreditarem igualmente nele é compensador para mim. Por exemplo, aquele rapaz que escreveu a dizer que estava tão habituado a que Paddington fosse o nome de um urso que lhe parecia esquisito que fosse o nome de uma estação. E a freira que me escreveu não sei de onde, a dizer que estava no hospital — desconfio que padecia de uma doença incurável — e que me agradecia por todo o conforto que Paddington lhe proporcionava. Ele nunca poderia ambicionar maior elogio.

Escrever comédia é uma tarefa muito séria; uma questão de depuração, de encontrar exatamente a palavra certa. No geral, quando se trabalha sem ter o benefício da reação imediata de um público, é como trabalhar numa espécie de vácuo.

Contudo, uma vez dei por mim sentado num restaurante e ouvir dois homens que, numa mesa ao lado, discutiam as aventuras de Paddington. Riam ambos como loucos, e isso era muito compensador porque, dadas as circunstâncias, só podia ser absolutamente genuíno. Não lhes revelei quem era, para evitar o embaraço de ambas as partes.

Depois, há alguns anos, numa viagem promocional à Austrália, tive de transportar comigo um

Paddington de peluche, para onde quer que fosse. Cada vez que entrava num avião, já sabia que não passaria muito tempo sem que me pedissem para ele ir à cabina do piloto. Numa das vezes, deixei-o lá, com o cinto de segurança apertado, num lugar vago, enquanto a tripulação lhe explicava os instrumentos. Passado algum tempo, recebi uma segunda mensagem perguntando-me se eu me importava que ele lá continuasse porque ele queria muito praticar a aterragem do avião. Não disse nada aos outros passageiros!

Quando escrevi o primeiro livro não fazia a mais remota ideia de que ele viria a ser um dia homenageado com uma estátua de bronze em tamanho natural na estação. As pessoas utilizam a base da estátua para se sentarem enquanto comem as suas sanduíches, o que me parece muito adequado e é agradável pensar que provavelmente continuarão a fazê-lo durante muito tempo, depois de eu ter partido.

Não creio que venhamos algum dia a encontrar-nos, mas se isso acontecer, não me surpreenderei. Sendo um urso bem-educado, tenho a certeza de que tirará o chapéu para me cumprimentar e, quando formos cada um para o seu lado, eu lamentarei não ter também um chapéu para o tirar num cumprimento, como sinal de respeito.

MICHAEL BOND

Abril de 2001

O Regresso de
Paddington

Kenny e o Dragão

O Meu Pai É Um
Homem Pássaro